Karin B. Jankowski, Lara Gorny (Hrsg/ Ed)

TATORT
Saar-Lor-Lux

LIEU DU CRIME
Sarre-Lorraine-Luxembourg

Impressum

Erstausgabe 2025
Copyright bleibt bei den Autorinnen und
Autoren

Umschlaggestaltung: Jan Ranft
Verlag: BoD · Books on Demand GmbH,
Überseering 33, 22297 Hamburg,
bod@bod.de
Druck: Libri Plureos GmbH,
Friedensallee 273, 22763 Hamburg

ISBN: 978-3-8192-2681-6

Anthologie

Karin B. Jankowski, Erik Abbott, Bruno Etre, Jean Godefroid, Lara Gorny, Sandrine Lafleur, André Leinen, Petra Loser, Loretta Marie Perera, Jan Ranft, Dana Rufolo, Lena Schoenleben, Robert Schofield, Nadine Soerensen, Dagmar Ruth Vogel, Gértrude Vouvray, Alice Weiss, Alissa Wouters

TATORT
Saar-Lor-Lux

LIEU DU CRIME
Sarre-Lorraine-Luxembourg

Inhalt/Contenu

Über dieses Buch / Ce livre et son histoire 10

Karin Bohr-Jankowski :
Das Interview 14
Handwerker unter sich, oder - Das Ende einer Freundschaft 21
Six-Word-Stories und Flash-Fiction 22
Un coup de main pour Anny, ou - Dieulouard 24
Geheimnisse einer Grossfamilie, oder - Kitzeles 39
La goutte qui fait déborder le vase, ou- La bonne pâte 48
Passé ... pas si simple, ou - Histoires de femmes 51

Erik Abbott :
Blame the Cat 60
Serial Killers Get No Respect ! 72

Bruno Etre :
Tsunami, ou - Pas seulement en Asie ! 76

Jean Godefroid (Pseudonym/e) **:**
Kevin seul dans la forêt 83
Spicherer Höhen - die Revanche 90
Charles Kühn, ou – Comme on se retrouve ! 95
La revanche d'Albert, ou - Toute une vie 105
Cela s'est passé à Nancy,   ou - Pas de supplément 110

Lara Gorny :
Oh, Bruder 116
Gedanke im Rähn 119
In de Waschkau 120
Von Quetsche unn Äppel 121
Hotelbesuch à la H. H. Holmes 123

Sandrine Lafleur (Pseudonym/e) :
Ich will Ihnen ja keine Angst machen, aber ... 127
Pourquoi ? 130
Amnésie ou Alzheimer ? 137
Schön, dass es dich gibt, oder - Pusteblume 141

André Leinen (Pseudonym/e) :
Susanne, Robin und Rolf, oder - Entscheidungen 150
L' anniversaire de la Libération, ou - Le Général 158
Laura, ou - Un cas de suicide très assisté 163
Les stagiaires, ou – Une étrange confession 170
Six-Word-Story 182
La lune noire, ou - Mauvais calcul 183

Petra Loser :
Teil 1: Nebenjob 191
Teil 2: Zweite Chance 195
Teil 3: Grünschnitt 201
Bibelzitat 210

Loretta Marie Perera :
Part 1 : Why I Hate Cops and Love Trains 211
Part 2 : Indeterminate Days of Murder in the Market 219

Part 3 : Delayed 235

Jan Ranft :
Femme fatale 239
Dramaqueen 250
Einmachzeit – ein Drabble 257
Tea-Time – noch ein Drabble 258
Six-Word-Stories … in alphabetischer Reihenfolge! 259

Dana Rufolo :
Scream from the Bridge 263

Lena Schoenleben :
Responsable 272

Robert Schofield :
Otto 277
Six-Word-Stories auf Luxemburgisch 292

Nadine Soerensen :
Zuhören 293

Dagmar Ruth Vogel :
Zorn verraucht, Hass verbrennt 299

Gértrude, alias Gérard Vouvray (Pseudonym/e) :
Ich wünschte, du wärst tot! 303
Träume sind Schäume, fast ein Drabble 306
Es war einmal ein kleines Mädchen 308
Teil 1: Omnium de Gestion et de Financement(OGF) 314

Teil 2 : Die verlorenen Särge, oder Arc-en-ciel 316

Erik Abbott :
Madeleine 320
A Covenant 329

Alice Weiss (Pseudonym/e) :
Lizbeths Tagebuch 341
Katz und Maus 361
Une histoire presque vraie ... 364

Alissa Wouters :
Double emploi 371
Le manoir d'Elisabeth, ou – La mutation 373
Histoires ultra courtes 379

Karin Bohr-Jankowski :
Wenn das Wörtchen wenn nicht wäre ... 380
La Marina, oder – Kein Mord am Triller 385
La Main Rouge, oder – Gegen das Vergessen 395

Autorenverzeichnis/ Liste des auteurs 397
Danksagung/ Remerciement 407

Über dieses Buch / Ce livre et son histoire

Die Idee der Autorin Karin Bohr-Jankowski, aus ihren VHS-Kursen *Kreatives Schreiben* einen Sammelband zu machen, schlug ein: Andere Schriftsteller aus der Grossregion wollten mitmachen * und lieferten dazu die tollsten Geschichten rund um Leben und Tod: Nicht nur zum Schmunzeln – aber auch, hieß es im Band eins. Vor allem nicht zum Nachahmen, auch nicht beim Band zwei.

Die Faszination, wie leicht man zum Opfer, aber auch zum Täter werden kann, hat 18 Autorinnen und Autoren aus den verschiedensten Kulturkreisen ** dazu bewegt, der Grenzregion Saar-Lor-Lux, in der sie leben und arbeiten, ihre ganz besondere Hommage zu erweisen: Auf Deutsch, Französisch, Englisch und ... lassen Sie sich überraschen!

Die vorliegende Anthologie von Kurz- und Kürzest-Geschichten zeigt die unerschöpfliche

Bandbreite des Genres: von klassischen "O. Henrys", über "kafkaeske" Geschichten, von den berühmten "Six-Word-Stories", über die New Yorker "Drabbles" (exakt 100 Worte), zu "Flash-Fiction" und "Smoke-long-stories".

Machen Sie Bekanntschaft mit einer "Femme fatale" aus Saarbrücken, einem Zuaven von den Spicherer Höhen und ein paar ganz "unangenehmen" Typen aus Luxemburg. Und das ist erst der Anfang!

Mit Wohlwollen von Ernest Hemingway laden wir Sie ein zu einer atemberaubenden Reise auf dem Eisberg und versprechen Ihnen ein unvergessliches Lesevergnügen.

* Mehr über die Autoren finden Sie ab Seite 397
** Saarland, Lothringen, Luxemburg, Franche-Comté, Belgien, England, USA, Singapur

* * *

Lors de ses cours *d'écriture créative* à l'Université populaire, l'auteure Karin Bohr - Jankowski a eu une idée : si l'on rassemblait les contributions des participant(e)s dans une anthologie ? Et immédiatement, d'autres auteurs de la grande région ont souhaité prendre part à ce projet* et ont envoyé leurs plus folles histoires autour de la vie et de la mort ; pas seulement pour s'amuser – quoiqu'un peu aussi, telle la devise du Tome 1. Mais à ne surtout pas imiter !

Partant de la réalité dont on puisse facilement être la victime, mais aussi l'agresseur, 18 auteurs de milieux culturels différents** ont rendu un hommage très spécial à la grande région Sarre-Lor-Lux où ils vivent et travaillent : en allemand, français, anglais et... laissez-vous surprendre !

La présente anthologie d'histoires courtes, voire même très courtes, témoigne aussi de toute l'étendue du genre : des histoires classiques à la O. Henry, des contes kafkaïens, des fameuses "histoires de six mots", des "Drabbles" New Yorkaises (exactement 100 mots) jusqu'à la "flash-fiction" et des histoires de la durée d'une cigarette (Smoke-long-stories).

Nous vous invitons à rencontrer un chasseur ignoble des profondes forêts de la Lorraine, un général pas très en forme pour fêter les 80 ans de la Libération, une femme flic qui sort du commun, un Charles le Téméraire de nos jours, un chat pyromane et quelques types vraiment mauvais de Luxembourg – pour citer seulement quelques exemples.

Sous l'oeil bienveillant d'Ernest Hemingway, nous vous invitons donc à nous accompagner dans un voyage époustouflant sur la pointe de l'iceberg, et nous vous promettons un plaisir inoubliable.

* Plus sur nos auteurs à la page 397

** La Sarre, la Lorraine, le Luxembourg, la Franche-Comté, la Belgique, l'Angleterre, les Etats Unis et le Singapour

Das Interview oder Mords-Geschichte Saar-Lor-Lux?

«Sie haben also in den 80er Jahren in Luxemburg gelebt. Auf dem Plateau Kirchberg. Das war die Zeit, als Sie im Generalsekretariat des EP gearbeitet haben. Da hätten wir doch die Verbindung: geboren in Mettlach, nach dem Studium in Rheinland-Pfalz und dem ersten Job bei der EU regelmäßig zu Gesprächen in Metz und überhaupt in Lothringen im Rahmen der Lobbyarbeit für das Saarland. Das ist Saar-Lor-Lux par excellence. Jetzt brauchen wir nur noch einen Plot, der ...»

«Entschuldigen Sie, wenn ich Sie da kurz unterbreche: Verstehe ich richtig, Sie wollen von mir eine Kurz- oder wie Sie sagen, Kürzest-Geschichte, für eine Anthologie? Am Telefon habe ich Sie so verstanden, als wollten Sie ein Interview über die Zeit der ersten Regionalbüros in Brüssel, mein Treffen mit Jacques Delors und ...»

«Ja, natürlich. Da haben Sie mich ganz richtig verstanden. Darum geht es auch. Im Grunde hängt doch alles zusammen im Leben. Wir können gerne mit dem Gespräch Lafontaine – Delors 1993 beginnen.»

«Soll mir recht sein. Aber ich möchte schon verstehen, wie das eine mit dem anderen zusammenhängt. Unser heutiges Gespräch wird wo und wann veröffentlicht? Was hat es mit diesen Mords-Geschichten auf sich? Ich habe den leisen Verdacht, dass Sie sich über die Hintertür bei mir eingeschlichen haben. Ich bin zwar alt, aber meine Neugierde ist wie ein junger Hund. Halten Sie ihn bei Laune ... bevor er wegläuft.»

«Ähm, ja, wie soll ich sagen ...»

«Versuchen Sie, so nahe wie möglich bei der Wahrheit zu bleiben. Das hat John le Carré seinen Charakteren auch ans Herz gelegt. Ich mache es Ihnen einfach: Ich bin ja nicht dagegen. Aber wenn wir eine Geschichte plotten, dann auf meine Art, okay?»

«Also, das ist mir jetzt echt peinlich. Ich gebe zu, mich dilettantisch ...»

«Kürzen wir das doch hier mal ab. Sie lassen das Rumjammern und konzentrieren sich auf das, was Ihnen wirklich wichtig ist. Und ich überlege mir dann in Ruhe, ob wir beide irgendwie ins Geschäft kommen.»

«Also, nein, das ist dann wirklich ein großes Missverständnis. Bezahlen kann ich überhaupt nichts ...»

«Ach, komm schon, Mädchen. Mach es uns beiden doch nicht so schwer. Am Telefon warst du besser im Improvisieren als jetzt. Lass uns doch ein bisschen Spaß haben. Willst du was trinken? Kaffee? Tee? Schampus?»

«Gerne eine Tasse ... ach, was soll's. Gerne ein Glas Champagner.»

«Sorry, ich habe gerade den Kopf im Kühlschrank und den letzten Teil nicht ganz verstanden. Du hast also gehört, dass ich keine

Interviews mehr gebe. Recht so. Was? Das Attentat auf Lafontaine hat dich auf die Idee gebracht? Moment, ich bin gleich wieder da. Das musst du mir erklären.»

«Ja, ich habe nach einem Aufhänger gesucht, Sie irgendwie für mein Projekt «Mords- Geschichten Saar-Lor-Lux» zu interessieren und habe etwas in Ihrer Vergangenheit recherchiert ...»

«Komm, lass uns mal anstoßen. Wir waren doch schon beim Du. Und SO alt bin ich nun auch wieder nicht. Wie ist denn dein Vorname?»

«Karin.»

«Das ist ja schön. Meiner auch!»

«Also, Karin. Du bist auf die Messerattacke vom April 1990 gestoßen. Die Frau in Weiß. Aber das war in Köln und nicht in Brüssel.»

«Ja, aber ich habe die Filmaufnahme von dem Empfang in der Landesvertretung in Brüssel gesehen, an dem Abend nach dem Gespräch mit Delors. Als Sie, entschuldige, ich muss mich erst an das Du gewöhnen, als du als Gast-geberin vor laufenden Kameras neben Oskar Lafontaine stehst ... ausgerechnet in einem weißen Kleid.»

«Stimmt. Da hatte ich an dem Abend nicht da-ran gedacht. 3 Jahre nach dem Attentat von Köln ... Es gab so viel zu organisieren. 500 Leu-te aus EU-Institutionen, Lobbyvertreter, Bot-schaften ... ich habe das Kleid immer noch. Aber seit dem Abend habe ich es nie wieder getragen.»

«Und den Film, hast du den Film mal wieder gesehen? Die Szene, in der dieser Typ langsam auf Lafontaine zuschreitet und ihn um ein Autogramm bittet, aber keinen Stift hatte.»

«Oh mein Gott, erinnere mich nicht daran. Warte, ich trinke erst mein Glas leer! Okay, erzähl du weiter. Mal sehen, ob meine Version sich mit dem Film deckt.»

«Es ging alles wahnsinnig schnell. Fast zeitgleich. Du greifst an deinen Gürtel und zauberst einen Stift heraus, den du Lafontaine hinhalten willst. Er schaut dich mit aufgerissenen Augen an, als würde er seine Nemesis sehen: die Frau in Weiß. Einer der zwei Bodyguards, die seitlich von Oskar standen, zieht ihn auf die Seite und deckt ihn mit seiner vollen Breitseite, während der andere dir den Stift aus der Hand reißt und sich ebenfalls mit seinem Rücken zwischen dich und den Autogrammjäger stellt. Im Nu war der Spuk vorbei.»

«Ich bin sprachlos. Ja, so muss es gewesen sein. Ich konnte oder wollte mir nicht alles behalten. Eigentlich nur, dass nach meinem Griff zum Stift, den ich damals schon immer bei mir trug, Lafontaine weggebracht wurde. Die Veranstaltung lief noch lange weiter. Ich war ja Gastgeberin und musste bis zum Schluss bleiben. Dabei war ich so was von k. o.: Nachmittags das Elefantentreffen zwischen Oskar als Bundesratsvorsitzendem mit dem Präsidenten der Europäischen Kommission, Jacques Delors. Und abends der angebliche Attentatsversuch. Mein Gott, bin ich froh, dass das alles vorbei ist!»

«Ja, schon, aber findest du nicht, dass es eine M o r d s – G e s c h i c h t e ist?
Es muss ja nicht immer blutig enden ...»

Handwerker unter sich, oder - Das Ende einer Freundschaft (Drabble)

Wann ich beschlossen habe, ihn umzubringen? Natürlich nicht sofort. Ich bin doch kein Unmensch!

Anfangs fand ich seine Geschichten unterhaltsam. Konnte darüber lachen. Irgendwie passten sie zu ihm: Überall hatte er Glück gehabt. Ob auf den Baustellen in der Wüste, in Afghanistan oder Dschibuti. Wo andere Leute sich den Tod holen, verdiente er Geld wie Heu. Als er dieses affengeile Haus von diesem schweizer Bankier erbte, der sich die Pulsadern aufgeschlitzt hatte - da fing es an, in mir zu brodeln ...

Er war ein aufgeblasenes Arschloch, den das Glück verfolgte ... einfach ungerecht!

Ja, abgekocht – in seinem eigenen Jacuzzi.

Technisch kein Problem!

Six-Word-Stories und Flash-Fiction

Ne me touche pas -
plus jamais !

*

Tu me ris -
et après, quoi ?

*

Il   faut croire -
pour le savoir !

*

L e b e n
bis wir Abschied nehmen

Tiere können es.
Kinder können es.
Und wir?

*

Frontex Bericht: Flüchtlingsschiff gesunken.
No comebacks!

*

Wutausbruch mit Todesfolge.
Sie schlug zuerst

*

Mutprobe im Altersheim. Stromschlag mit 75.

*

Drei-Teiler

Millionen Flüchtlinge im Sudan. Wir
schweigen.
Luftangriffe auf Kiew. Wir überlegen genau.
Völkermord in Gaza. Wir wissen nichts …

*

Ich liebe dich zu sehr. Scheiße!

*

Drei-Teiler

DU wolltest ein Kind. Und ich?
Okay, … den Hund. Aber SO einen?
Wir sind doch glücklich, oder nicht?

Un coup de main pour Anny, ou-Dieulouard

L'idée de sauver mon amie Anny m'est venue assez spontanément. Mais qui sait au juste ce que ça veut dire «spontanément» ? Peut-être que les idées murissent comme des fruits. Cela prend du temps ... et - peut-être que ça remue notre inconscient. Parce que la vie de quelqu'un d'autre ne nous regarde pas vraiment ? Elle nous touche ... oui. On s'imagine des similitudes, mais très souvent, ce n'est pas vrai du tout. Si on regarde dans un miroir, on ne voit que soi-même, pas l'autre.

Je sens que vous ne me suivez pas. Vous avez raison ... c'est peut-être un peu compliqué. Mieux vaut commencer par le début:

Quand Anny m'a invitée la première fois chez elle, j'étais bouleversée. Mais attendez, si je dis que je dois commencer par le début, je dois aussi me forcer à être précise: Qu'est-ce que ça veut dire exactement: «chez elle» ? Car elle, elle en a deux de «chez-elle».

Sa résidence principale, si on peut dire ça comme ça, c'est l'appart dans la vieille ville de Metz, tout près du Cloître des Récollets. Pour arriver au Conservatoire de musique ce n'est pas loin. C'est là aussi que nous nous sommes rencontrées la première fois. Si je dis rencontrées ce n'est pas assez précis. Elle avait glissé sur les pavés dans la cour après cet orage en été dernier. Elle saignait à faire pitié. Et moi, j'étais là pour la consoler, pour la tenir dans mes bras jusqu'à l'arrivée du SAMU. Elle pleurait pour beaucoup plus que pour les blessures qu'on voyait. J'avais toute de suite compris: Elle pleurait sur la vie! J'essayais de lui remonter le moral en disant :

- Au moins vos mains n'ont rien pris, ma belle. Comme ça vous pouvez continuer à jouer du violon, même assise. Et votre instrument a l'air d'avoir mieux survécu à la chute que vous.

Elle me montrait un petit sourire courageux qui transformait son visage peiné en celui d'un ange béni et moi, ... j'ai laissé entrer cet ange à bras ouverts dans mon cœur affamé.

Quand elle m'a dit :

- Merci,
avec cette voix tremblante qui n'était rien de plus qu'un souffle étouffé, je savais que je ne pouvais plus la laisser sortir de ma vie.

Pour couper court ... nous sommes devenues amies. Nous avons presque le même âge, nous approchons de la quarantaine; elle est grande et mince, et moi, je suis une boule, une fausse rousse. Elle est blonde et pâlotte, moi je suis basanée. J'ai plein de tatouages et elle ... elle est impec. Il le faut, car elle est prof de musique et moi ... moi, je suis femme de ménage dans l'équipe de Monsieur Baba, qui est responsable de la propreté du bâtiment principal et des annexes du Conservatoire.

Mais maintenant, je dois me freiner car je risque de trop m'éloigner de ce que je tiens à vous expliquer. Reprenons là quand j'ai commencé à aller tous les soirs chez elle pour la soigner pendant un mois. Ce vaste appartement inondé de lumière, au parquet qui sentait la cire d'abeilles, rempli de plantes exotiques et de livres anciens. C'est un duplex avec 4 chambres, 2 salles de bain, 2 terrasses ...

Ah, mince, j'ai peut-être oublié de vous dire qu'elle est restée une bonne semaine à l'hôpital. Elle avait une jambe cassée, la droite, et le ménisque du genou gauche déchiré. La pauvre. Mais j'avais raison sur plusieurs points : après la troisième semaine, elle recommença à jouer du violon. J'adore ça ...

Au début j'ai seulement passé une ou deux heures chez elle après le boulot. Je lui faisais à manger. De la bonne nourriture, pas des saloperies comme beaucoup de gens mangent maintenant. Je sais où aller pour trouver des bons produits pas chers. Je sais comment faire les courses sans gaspiller. Après un mois à peu près, j'ai commencé à faire le ménage chez elle. J'adore astiquer et cirer ... l'odeur du propre. Et elle ... elle aime ça aussi !

Elle n'arrêtait pas de me dire:

- Vous êtes un cadeau du ciel, Jasmine. Si je n'avais pas si mal, je dirais même que j'ai eu de la chance d'avoir glissé ce jour-là pour tomber à vos pieds ... vous êtes devenue mon ange-gardien.

Et moi, j'ai accepté ce compliment sans rougir – même après tout ce qui s'est passé l'année suivante. Mais ne brûlons pas les étapes, comme disait ma mère.

Je vous ai dit que j'avais raison sur plusieurs points. J'arrive tout doucement au deuxième ...

Anny et moi avons passé le reste de l'été ensemble. Tous les soirs et tous les WE. Après avoir fait la vaisselle, nous avons papoté.

Et c'est pendant ce temps-là qu'elle m'a raconté plein de choses de sa vie privée et de son deuxième «chez-elle» : fille unique d'une maman qui ne sait pas seulement tout faire, mais surtout mieux que les autres, mieux que tout le monde. Cette maman, qui va fêter ses 75 ans l'année prochaine, vit avec sa mère à elle, la grand-mère d'Anny, qui a 102 ans, à Dieulouard, un patelin près de Nancy. A part ces deux-là – pas de famille. Mais j'ai vite compris que ces dames comptaient au moins le triple de leur poids en présence familiale.

Le mari de la grand-mère était un soldat allemand gravement défiguré pendant la guerre. Après l'avoir soigné, elle s'est mariée avec lui malgré ses multiples blessures du corps et de l'âme. D'après ce que j'ai compris du récit de mon amie, c'était la seule bonne chose qu'elle a faite pour cet homme. Après qu'elle a eu un enfant, elle lui en a montré de toutes les couleurs, ce que ça pourrait être la vie en enfer. Comme si elle voulait se venger des misères qu'elle avait vues et entendues pendant la guerre. Avec fierté et sans miséricorde, la grand-mère soignait l'endroit dans la grange où son pauvre mari s'était enfin pendu. Un haut lieu de pèlerinage familial !

Parlons un peu du papa de mon amie. Cela ne va pas vous étonner que la maman d'Anny ne parla pas souvent de lui. Elle répétait les paroles sacrosaintes de la grand-mère qui disait que tous les hommes sont des salauds. Peut-être les allemands encore un peu plus que les français. Car le papa d'Anny était un tricolore, mais qui n'aimait pas trop l'ambiance dans cette ferme où personne ne voulait «louer le Bon Dieu», malgré le nom du village. Il a quitté la demeure après le sixième anniversaire d'Anny. Elle a gardé sa lettre. Elle me l'a montrée ... elle finissait avec :

- ... je ne peux plus rester. Excuse-moi, mon ange. Tu comprendras plus tard que ce n'est pas toujours les hommes qui sont les méchants loups - il y a aussi des méchantes louves.

Je ne veux pas entrer dans tous les détails d'une vie foutue, ce serait trop triste. Mais pour mon récit c'est important de vous dire qu'Anny a essayé maintes fois de s'émanciper de ces deux femmes. De sortir d'un cauchemar dans lequel Anne-Marie la couvait en lui dessinant les horreurs de vivre avec un homme: De sentir des doigts virils sur une peau douce. Des mains pleines de cornes, sales et dures soulever une robe et toucher les cuisses.

Et quand Anny voulait savoir pourquoi il faut soulever une robe ou déboutonner un corsage, sa grand-mère coupait court à la parole de sa fille et criait :

- Mais pour te faire mal. Seulement pour te faire mal. Quoi d'autre ...

Ni la grand-mère, ni la maman ne pensaient à l'âge de la petite Anny quand elles s'extasiaient à expliquer la vie d'un couple. Elles étaient toujours en guerre. Plus contre les Allemands, mais contre les hommes en général. A voix aiguës et avec les yeux en feu elles racontaient à la petite:

- Dans la vie tout est une question de pénis ! Ceux qui en ont et celles qui n'en ont pas. Ceux qui en ont commencent à te regarder avec un sourire ET avec les mains, mais ce n'est que le début. Après t'avoir inspectée comme une belle machine, ils se mettent au travail. Il leur pousse une troisième main, celle qui se farfouille entre tes jambes. Et tu ne dois jamais oublier que ce truc peut devenir gros comme ...

Anny m'a tout raconté et elle m'a montré les dessins qu'elle avait faits dans le temps. Elle les a gardés. Tous. Je l'entends encore dire :

- Au lieu d'avoir peur, Jasmine, je me suis amusée à leur donner une vie à ces pénis. Déjà le mot me fascinait : P é n i s ! Au début, je les voyais plutôt en forme de matraque. Et j'ai donné un visage à la matraque – une grimace. Quand maman a découvert les dessins, elle était choquée et se précipitait de les montrer à grand-mère, qui elle ... en riait. Alors maman se calmait. Mais comme les deux n'arrêtaient pas avec leurs histoires d'hommes, je commençais tout doucement à faire d'autres dessins: je les voyais en saucisses : Montbéliard, Morteau, Strasbourg, Francfort, Chipolata, Merguez, moins en Toulouse. Mais je ne dessinais plus de visages. Je crois que c'est à ce moment-là que je commençais à trouver un certain goût ...

Elle éclatait d'un fou rire avant de continuer ses histoires. Et quand elle m'a eu tout raconté – j'avais tout compris. Je l'ai prise dans mes bras et je lui ai dit que j'étais là pour elle. Qu'elle n'était plus seule avec ces PENIS ...

*

Malgré le travail de sa mère et de sa grand-mère, Anny a gardé un bon souvenir de son papa. Et elle ne croit plus aux mensonges de ces deux-là.

Pour couper court encore une fois, je résume un troisième et un quatrième point où j'avais raison :

Vous l'avez peut-être déjà deviné qu'on va en arriver là : l'appart d'Anny est assez grand pour y vivre à deux. J'ai donc emménagé le WE du 1er octobre. Mais ce n'est pas tout. Au fait, on commence à toucher le centre de l'histoire :

Quand mon amie m'a confié qu'elle essayait depuis des années de trouver un mec pour se mettre en ménage, ça ne m'a pas choquée du tout. Comme elle n'en a pas trouvé dans la vie réelle, elle a commencé à en chercher sur internet. Quelle idée ... et je peux vous dire ... les poissons qu'elle a pêchés dans cette mare-là ... pas seulement des rigolos! Okay, je ne veux pas exagérer, ils n'étaient pas tous des vaux-riens. Mais dans les yeux de maman et mamie tous étaient des salauds !

- Tu sais, Jasmine, malgré cette éducation, disons extraordinaire, dans ma jeunesse, j'adore le sexe. Ce n'est pas là le problème. Je ne sais pas si tu me comprends, mais j'aime aussi ma mère et ma grand-mère ... et j'ai peur de ce qui va se passer quand elles vont faire la connaissance de Jean; j'ai la trouille que ça se passe comme les années précédentes ...

En me disant cela, elle me regarda avec ses grands yeux inondés d'amour et de tendresse, avec en même temps des petits éclairs de joie de vivre et de compassion. Et tout-à-coup je savais quoi faire. C'était un peu comme avec Jean il y a six mois. Moi, je savais toute de suite que les deux allaient bien ensemble. Mais pour convaincre Anny de se fier à son nouveau kiné, ce n'était pas facile. Elle ne voulait pas me croire que Jean la regardait d'une certaine façon, pas seulement comme une patiente, mais... oui, disons-le clairement: comme une femme. Comme une femme attirante. Ouais! Moi, j'avais compris. Et heureusement ça a marché pour les deux. On dirait des tourterelles ...

J'ai perdu mon fil, comme toujours. Revenons au point où je savais quoi faire pour encore une fois aider mon amie. Encore un coup de main. J'adore ça. J'adore donner des coups de main. Vous l'avez compris. Mais au lieu de tout

expliquer à Anny   comme pour Jean, j'ai opté
pour la version surprise.

- Laisse-moi faire, Anny. Je t'en prie. Tu ne vas
pas être déçue. On va faire comme au début de
l'année. Tu m'as fait confiance pour le nouveau
kiné. Et maintenant Jean et toi ... je savais toute
de suite que vous deux ...

- Jasmine ... je ne sais pas comment te
remercier.

La fin est vite racontée. J'avais chaud au cœur
quand j'ai quitté mon amie. Je vois toujours ses
yeux pleins de confiance et plein d'espoir
briller comme un phare dans la nuit. J'ai
téléphoné à Jean pour qu'il me prête sa
voiture. Celle d'Anny était au garage. C'est un
bon mec. Il était d'accord.

Alors je suis allée à Dieulouard. Pour la
deuxième fois de ma vie. La première fois, il y a
six mois avec Anny, était pire qu'un
cauchemar. Rencontrer cette momie de 102
ans, avec ses rides pleines de méchanceté et de

saleté et cette mère qui se croit le bon dieu auquel ni l'une ni l'autre n'a jamais fait une prière. Elles étaient même jalouses de moi. D'une simple fille. Peut-être trop simple ...

Je vous ai promis que le reste va vite se passer. C'était tellement simple. Personne ne m'a vue arriver dans la nuit. J'avais tout exploré lors de ma première visite. Cette chaudière à gaz ultra-vieille, ultra facile à manipuler. J'aurais aimé être là quand tout a explosé. Mais vous comprenez qu'on avait besoin d'un alibi, Anny, moi et Jean.

Je ne leur ai jamais dit la vérité. Les deux ne m'ont jamais demandé où j'étais allée ce WE avant la catastrophe mortelle de Dieulouard.

Moi, en tout cas j'ai beaucoup à remercier mon Dieu et je n'arrête pas de le louer. Je vis avec Jean et Anny et j'essaie de ... je ne trouve pas l'expression en français, je dois le dire dans ma langue maternelle :

- Ich lese ihnen jeden Wunsch von den Augen ab ! Ich bin doch ihr guter Engel. Je vais toujours veiller sur eux ... car je suis leur Ange-gardien...

Geheimnisse einer Großfamilie

Als Willi, der Vater von Alice, geboren wurde, war die Saar zugefroren. Man konnte zu Fuß oder mit Schlittschuhen von einer Seite auf die andere, ohne über die Brücke zu müssen. Tante Friedchen, die Patentante von Alice, war damals sechs Jahre alt und hatte ihr später die Geschichte tausendmal erzählt. Immer ein bisschen mehr, und immer ein bisschen näher an der Wahrheit, die zur damaligen Zeit niemand wissen wollte.

Friedchen stand am Fenster und hauchte die Eisblumen an. Sie sollten weg. Einfach nur weg und die Sicht frei machen auf die Hebamme, auf die alle warteten. Als könnte die freie Sicht sie herbeizaubern. Aber sie kam nicht, und das Schreien und Stöhnen von Friedchens Mutter hörte nicht auf. Es war der Tag nach Silvester, und, obwohl sich alle so auf das Neujahr 1924 gefreut hatten, kam gar keine Feiertags-stimmung auf. Im Gegenteil. Vielleicht hatten sie alle Angst, dass es so enden würde wie vor zwei Jahren. Da war genau so viel Eis und Schnee, und obwohl Friedchen damals erst vier Jahre alt war, konnte sie sich noch genau daran erinnern, dass alle auf das neue Brüderchen warteten und es nicht kam.

Rainer kam eigentlich erst ein Jahr später. Das hatte Friedchen lange nicht verstehen können. Heute wusste sie, dass das nicht derselbe Rainer war; der von 1922 und der von 1923. Was Friedchen erst viel später erfuhr, war auch, wie lange ein Baby brauchte, um zu wachsen und wie das überhaupt mit den Babys so lief.

Friedchen war dieses Mal ganz besonders neugierig, als ihre Mutter wieder schwanger war. Die war eigentlich jedes Jahr einmal schwanger. So wie einmal der Osterhase kam und einmal Weihnachten war. Nur machte es ihrer Mutter wohl nicht so viel Freude. Und wenn Friedchen Tante Anna oder Tante Hermine fragte, warum deren Schwester einmal im Jahr einen dicken Bauch bekam und

Anna und Hermine nicht, bekam sie nie eine Antwort – wie so oft.

Aber es wurde viel gebetet. Vor allem um Vergebung und Erlösung.

Aber auch das verstand Friedchen damals noch nicht. Ganz bestimmt fing in diesem Moment, noch ehe Willi das Licht der Welt erblickte, dieses Durcheinander an Gefühlen an, das Friedchen ein Leben lang begleiten sollte. Oder entwickeln sich solche Gefühle noch viel früher, so wie sie noch viel länger am Leben bleiben, als die Menschen selbst, die sie auslösen? Auch das hatte Friedchen damals sich weder gefragt noch verstanden.

Da waren ganz andere Fragen, die sie beschäftigten:

Warum hatten die Tanten das Baby im Bauch ihrer Mutter vor ein paar Tagen noch den „Unnötigen" genannt?

Warum schienen alle Angst vor ihrem Vater zu haben, oder bildete sie sich das nur ein?

Warum kam aus dem dicken Bauch ihrer Mutter immer nur ein Brüderchen und manchmal einfach nur nichts?

Und warum wurde dann noch mehr gebetet und noch mehr nach Verzeihung gerufen als sonst schon. Nur, geweint wurde eigentlich nie viel. Also war es wohl auch nicht so schlimm. Oder doch?

„Friedchen, komm und hilf mir den Tisch decken. Hol die schönen Teller mit dem Goldrand aus der Vitrine im Wohnzimmer und pass auf, dass dir keiner hinfällt", rief Tante Anna aus der Küche.

„Und sei leise, damit du Hermine nicht beim Rosenkranz störst."

Das wusste doch Friedchen schon alles. Sie musste immer vorsichtig sein. Nicht nur beim Vitrinenschrank und dem Goldrand. Papa konnte fürchterlich böse werden, wenn mal was hinfiel – auch wenn es dann gar nicht kaputt war. Und leise, ja leise musste sie auch

sein und schon gar nicht beim Beten stören.
Das war schon toll, wie jeder in ihrem
Elternhaus seinen Platz und seine Arbeit hatte
und genau wusste, was wann zu tun war. Ihr
Vater stand ganz oben über allen, wie Herr
Merkel, wenn er den Kirchenchor dirigierte;
nur das kleine Podestchen musste man sich
noch dazu denken.

*

Weil heute Neujahr war, durfte sie sogar das
schöne weinrote Samtkleid mit dem Spit-
zenkragen, den ihre Mutter selbst gehäkelt
hatte, anziehen; aber darüber musste die
weiße Schürze mit dem Schamtuch, wie die
Tanten es nannten, weil es bei ihnen den
großen Busen bedeckte, jedoch bei Friedchen
leider nur das Kleidchen. Egal, heute war ein
ganz besonderer Tag und Friedchen hatte sich
eine Überraschung ausgedacht: Heute sollten
ganz besonders schöne Servietten den Tisch
schmücken. Sie hatte diesen Moment seit einer
Woche vorbereitet. Nur zu schade, dass Mama
nicht dabei sein konnte und so viel Schmerzen

hatte und die Hebamme einfach nicht kam und überhaupt.

Aber die Servietten, die sie sich bei Tante Anna und Tante Hermine aus der untersten Nachttischschublade besorgt hatte, würden ganz bestimmt auch den anderen besser gefallen als die üblichen aus dem Küchenschrank. Sie waren viel kleiner und etwas dicker und mit rosa Baumwollbändchen umkändelt. Das hatte Friedchen besonders gut gefallen. Warum die Tanten sie aber im Schlafzimmer aufhoben, war ihr nicht klar. Die sollten eigentlich viel öfter benutzt werden als nur einmal im Monat! Einmal im Monat hingen die schönen Servietten nämlich auf der Wäscheleine im Hof, ganz hinten, immer versteckt von den anderen großen Wäschestücken.

Friedchen wusste damals noch nicht, dass eine lothringische *Serviette hygiénique* noch lange keine deutsche Serviette ist. Aber sie begriff sehr gut, dass Tante Hermine fast erstickt war an diesem Neujahrstag, als sie ihre Damenbinden auf dem Festtagstisch entdeckte

– all das sollte Friedchen ihr langes Leben lang nicht mehr vergessen. Und auch nicht die Tracht Prügel von ihrem Vater; sie dachte damals, ein Luftballon sei ihr im Ohr geplatzt.

*

Nur gut, dass Dr. Bär an diesem Neujahrstag 1924 zu Hause erreichbar war und kommen konnte, um Tante Hermine zu verarzten und damit sogar das Leben von Mama und Willi rettete. Mutter Frieda bekam nämlich am 1. Januar 1924 einen Kaiser- und Tante Hermine einen Luftröhrenschnitt.

Alle im Haus waren zu erschöpft und betroffen, um sich über das Baby zu freuen; richtig glücklich war eigentlich nur Papa an diesem Tag: weil Willi wieder ein Junge war und Papa davon nie genug bekommen konnte. Er fasste sie doch zu gerne an, nicht nur als Babies. Lieber die Jungs als die Mädchen, aber Friedchen kam trotzdem manchmal dran.

So kam es auch, dass am Neujahrstag 1924 Friedchen lernte, den Rosenkranz zu beten: zuerst für Tante Hermine, Mutter Frieda, sogar für Willi, den Neuen und alle anderen, und zuletzt auch noch für sich selbst – vor allem um Erlösung. Sie tat es, ohne noch zu wissen, was es damit auf sich hatte. Genauso, wie sie ihr halbes Leben lang nicht wusste, warum das mit der Spielerei vom Papa vielleicht doch nicht so harmlos war, wie es aussah.

Für Friedchen, Willi, Max und Rainer war alles, was der Papa mit ihnen spielte, Teil eines ganz normalen Lebens. Sie kannten es nicht anders. Mama und ihre Schwestern waren nie dabei, und Fremde erst recht nicht. Aber so ist das halt manchmal beim Spielen. Und „Kitzeles" war ein Spiel, das mit Papa ganz alleine gespielt wurde.

Überall durfte gekitzelt werden: an den Fußsohlen, unter den Achselhöhlen, am Bäuchlein – einfach überall. Die Kinder den Papa und der Papa die Kinder. Und wer am längsten durchhielt, hatte gewonnen – aber das war gar nicht so einfach! Und da gab es Stellen, da wurde einem ganz anders, ganz warm und wohlig.

„Kitzeles" war einfach ein wunderbares Spiel.

La goutte d'eau qui fait déborder le vase, ou- La bonne pâte

- Tu n'oublies pas de me repasser ma chemise, maman ?

Bien sûr que non, mon petit.

Le petit a déjà 49 ans. Il cherche du boulot depuis une éternité. Vivre avec maman, c'est archi chouette.

- Et tu n'oublies pas, ce soir il y a les copains... tu nous fais des pizz, comme d'hab ?

- Et pour les boissons, tu t'en occupes ?

- Ah non, maman. Tu sais bien : à 14h j'ai le coiffeur, à 15h cinéma avec Mimi, sinon elle boude encore plus parce qu'on ne la laisse pas entrer ce soir. Mais une soirée poker avec filles – impossible. Les autres ne viennent pas non plus ; mais elles sont moins compliquées.

- Ça ne va pas être facile de monter les trois caisses de bière jusqu'au 3ème. L'ascenseur ne marche pas, et la dernière fois je n'avais pas encore les béquilles.

- Mais, maman. Ne t'en fais pas. Il va y avoir quelqu'un pour te donner un coup de main, comme toujours. Fais-moi un sourire. Oui, c'est déjà mieux... ne te laisses pas aller.

- Juste pour savoir, tu rentres quand ?

- Oh, bof, comme d'hab... pourquoi ?

- Pour m'aider avec les tartelettes que tu voulais que je vous prépare.

- Mais je les ai sorties du congèl...

- Oui, et avant de les avoir mises dedans, tu n'avais pas enlevé les noyaux...

- Oh maman, tu n'es vraiment pas dans ton assiette aujourd'hui.

Dommage pour lui qu'il n'ait pas pris le temps de regarder dans les yeux de sa maman avant de dire :

- Et tu n'as pas oublié que Jimmy ne supporte pas la poussière avec son asthme. Tu passes vite fait un coup de torchon et d'aspirateur avant que nous arrivions...

*

Elle a réfléchi longtemps : partir pour la soirée, mais où ça ? Faire les bagages de son fiston et les mettre devant la porte ? Pas assez durable comme solution. Ajouter un ingrédient irrésistible dans la pâte. Pas dans les tartelettes. Parce que celles-là, elle ne va pas les faire.
A l'hôpital ils n'ont pas trouvé tout de suite : Apiol ! Elle avait lu ça dans le journal.

Les fleurs de persil en grande quantité ne sont pas bonnes du tout pour la santé. Mais pas du tout!

Passé ... pas si simple, ou-

Histoires de femmes

Mon dieu, quel sale temps ! Il pleut, il fait froid, il y a même du brouillard - vraiment un temps pour un enterrement. Je n'arrête pas à me demander si j'ai bien fait de venir ? Cela m'a couté cher d'y arriver : au moins trois séances extra chez mon nouveau psy, une bouteille de Gigondas 1988 à midi, l'année préférée de Pierre. Le valium n'est pas cadeau non plus, si tu l'achètes comme moi, sans ordonnance au marché noir.

Bon, je ne veux pas trop me plaindre, je suis ici : Au cimetière « Waldfrieden » de Sarrebruck, capital de la Sarre. C'est là où tout a commencé – bon, j'exagère peut- être un peu. Si je dis « tout » je veux dire mon histoire avec Pierre. Parce que le passé n'est pas si simple à expliquer, je dirais même que c'est encore plus difficile à l'expliquer que de le vivre - ce moment venu, ce moment propice.

Je m'explique :

Il faut être à l'écoute pour pouvoir reconnaître un moment magique   ... sentir avec tout son corps, non, avec corps et âme, qu'il pourrait se passer quelque chose, s'y préparer à temps ... et au moment crucial ... il faut être prêt. Et pour tout ça, il faut beaucoup de courage, une bonne portion de curiosité, énormément de chance et un karma assorti aux circonstances.

Ah, vous n'avez pas encore compris de quoi je parle ? Je parle de ne jamais perdre l'espoir ... L'espoir que cette fois-ci, c'est le bon !

Même si on se rencontre au cimetière. Mais pourquoi pas ? Il faisait beau. Pas comme aujourd'hui.   C'était en juillet et j'avais rendez-vous avec mon fournisseur de médicaments. Jamais à la même tombe, mais par hasard pas loin où Pierre visitait la tombe de sa fille. Comme il m'expliquait beaucoup plus tard, celle-ci s'était jetée devant un TGV à l'âge de 17 ans. Pas facile à expliquer et encore moins facile à vivre, même pour un psychologue. Et Pierre en était un des meilleurs de la région.

Oui, c'est comme ça qu'on a fait connaissance. Moi, j'étais en manque ce jour-là et mon fournisseur n'osait pas s'approcher à cause de Pierre. Quand je commençais à trembler, j'entendis la voix feutrée de Pierre à côté de moi :

- Est-ce que vous voulez boire quelque chose ?

Et moi, au lieu de répondre, je me mis à pleurer, tout doucement d'abord, et quand il m'a touché, je lâchais prise. Je hurlais ma peine à travers ce vaste cimetière qui était peu fréquenté à l'heure de midi. Et Pierre, sans poser la moindre question, disait :
  - Venez, on va se mettre à l'ombre sous le pin là-bas ... ce coin me fait toujours penser à la Provence. J'ai un frère qui habite dans le Luberon ...

D'une voix douce et presque inaudible il commença à raconter : Qu'il allait régulièrement dans le sud de la France. Qu'il connaissait beaucoup mieux la région entre Avignon, le Mont Ventoux, les Gorges du Verdon et les Alpes de Haute Provence que son frère et sa belle-soeur, qui habitaient là depuis 15 ans. Car eux, ils s'amusaient plutôt à bricoler et rénover un vieux mas.

Dans les deux heures qui passaient, il ne m'a toujours pas interrogé. Au contraire, il m'a donné de l'eau et une pilule, qui m'a calmé. Je l'avalais sans me demander si je pouvais lui faire confiance. Il ne m'avait pas encore dit qu'il était psychologue – mais moi, j'étais prêt à reconnaître un moment magique. Au bout de mes forces, je sentais naître un brin d'espoir dans mon estomac, ni dans le cœur et surtout pas dans le cerveau. Non, beaucoup plus bas ... dans l'intestin !

Il m'a fallu quand-même quelques mois avant de lui demander si je pouvais avoir un rendez-vous chez lui. Il avait hésité en disant :

- C'est compliqué ... dans les dernières semaines on est devenus amis et on a partagé beaucoup d'intimité ... peut-être ce serait mieux de te donner le nom d'une ou d'un collègue. Je dois y réfléchir ...

Mais pour lui aussi, le cap du moment magique était franchi. Il m'avait raconté de son deuxième mariage, de ses deux garçons qui ne comprenaient pas qu'il soit resté marié, malgré ses histoires de femmes. Au lieu d'un divorce clair et net, il préférait jouer de la comédie tragique à Noël, pour la Fête des Mères et les anniversaires de famille. Pourquoi ne pas rester avec l' amie actuelle ? Il paraît que personne ne le comprenait. Mais moi, j'avais mon idée : Ce n'était pas parce qu'il ne pouvait pas rester fidèle. Non, pas du tout. Ce serait trop simple. Et Pierre n'était pas un personnage simple. Mais pas du tout ! Pierre cherchait inconsciemment des cas difficiles. A vrai dire, il les collectionnait. C'est pour cela aussi que certaines de ses aventures commençaient dans son cabinet, après le travail. Mais bon, Freud et Jung ne pouvaient pas résister non plus à la tentation, n'est-ce pas ?

Faut pas jeter la pierre, surtout pas à mon amour, Pierre !

Je vous l'interdis!

Moi, j'étais son dernier amour. J'ai déjà dit qu'il cherchait le compliqué – et moi je suis TRES compliqué. Mais avec moi, il est resté 15 ans ! On savait que seulement la mort pourrait nous séparer. Et encore ...

J'ai un plan. Minutieusement élaboré. Quand la famille s'est encore disputée si on devrait arrêter les machines qui le tenaient en vie les dernières semaines, moi, j'ai acheté assez de valium. Je n'ai pas tout-à-fait dit la vérité au début, quand je vous ai raconté ce que j'ai déjà bu ce matin. Il y avait encore cette bouteille de vodka.

C'est pour cela que je me tiens au tronc du pin – eux ne devront pas voir que je tremble et que je vacille comme un marin en haute marée. Je me prépare pour mon entrée en scène.

Oh làlà, quand je vois ces femmes en pleures, quelques-unes honteuses et en cachette derrière leurs lunettes de soleil noir, d'autres avec des sanglots hystériques, mais pas très convainquants ... et le pire, cette famille qui n'a jamais compris l'amour comme Pierre le vivait ... je me demande si c'est une comédie ou une tragédie qui est en train de se passer devant mes yeux. Oh, là-bas, il y a même celle avec l'allergie contre la lumière. Trop bête qu'elle ne pouvait jamais l'accompagner en Provence. Heureusement il fait un temps terrible aujourd'hui et en-dessous de son énorme parapluie elle peut bien se cacher dans sa capuche noire. Dommage qu'elle n'a pas pris du valium. Elle aurait eu la chance de passer inaperçue. Mais là, raté ! Elle pleure comme la fameuse Madeleine.

Mon Dieu, si les regards pouvaient tuer il se passerait une tuerie sanglante ici sur le Waldfriedhof à Sarrebruck.

Oh, je sens que je dois me dépêcher. Mon cocktail commence à faire effet et je dois faire mes honneurs à Pierre. Excusez-moi, si je me présente seulement à la fin de cette histoire d'amour extraordinaire :

Je m'appelle Karla. Je suis née Karl, mais je voulais toujours être une femme. J'ai beaucoup souffert : dans mon corps et par le regard des autres. Mais Pierre m'a comprise dès le début. Quand je n'avais plus la force de subir toutes les opérations nécessaires pour devenir une vraie femme, Pierre m'a soutenu dans mon équilibre entre Karl et Karla. Vous savez ce qu'il m'a dit ?

- Il y a tellement de sortes d'amour différentes ... que trop souvent l'être humain n'est pas capable de les voir.

J'aimerais vous raconter encore plus de mon ami Pierre ... mais il est temps d'aller le joindre. Je vous laisse ... bye-bye !

L'Est-Républicain et Saarbrücker Zeitung :

Chute mortelle dans une tombe ouverte lors d'un enterrement à Sarrebruck, le 29.1.2025
Tödlicher Sturz in offenes Grab bei Beerdigung in Saarbrücken, am 29.1.2025

Blame the Cat

The day the cat blew up my garage was the day I first understood that pet ownership was not going to be as easy as I had hoped.

Two days later, after making sure no one else's garage had been blown up by my cat and dropping the little furry terrorist off at the veterinarian, I get a call that there is a woman's body on the bank of the Uelzecht in the forest between Polvermillen and Hesper. So now I'm out here freezing my toenails off on this cold patch of muck, with the forensics team and three uniformed officers, all of us getting blasted by a biting wind cutting through the valley.

The body is that of a young woman. She looks like she used to be pretty before someone killed her. Her corpse is grotesque: wet and pale, with most of what was probably a lot of blood washed away from the overnight rain. Her clenched posture and wide vacant eyes bear witness to her last moments of horror. A vile sexist slur is cruelly scratched into her forehead, probably with the knife that slit her throat.

The asshole that did this is a real piece of work.

We don't get many murders in the Grand Duchy — three or four a year, sometimes five, every now and then maybe even ten, occasionally none. The past few years have been worse — too many angry, bored young men fighting over nothing, too many drug deals gone wrong, too many bad domestic incidents.

But this kind of butchery we almost never see. Thank God, if He exists.

If He cares.

The team does their thing, scurrying, bagging, tagging, fingerprinting, photographing.

There isn't much I can do until they're finished. So far, we don't have a single useful witness — just a jogger, who found her on his morning mini-marathon. He's one of those lunatics who believes a long daily pre-dawn forest run in the cold and rain and wind is the secret to life.

I hate joggers. Smug bastards, most of them. Women joggers are even worse — won't even look at you unless you're freshly showered from your ninety-minute workout and you've changed into your designer slacks and bespoke shirt which together cost more than my damned car.

Big surprise — this particular idiot jogger knew nothing. He was 'deep in the zone' — before he was interrupted by this grisly sight, this poor woman, dead and alone as he accelerated for his final sprint 'chasing the burn' in this shitty weather. Arrogant little bastard. I wish I could arrest him on the general principle that he annoys the piss out of me.

I bet he has at least three cats.

Still, in a way, we caught a break. Another couple of hours, when less crazy people are out here enjoying the cold and the wind and the rain — which feels like it's about to start again — if they stumbled upon this poor woman, they would have messed up the scene and what little evidence we have would be gone.

Jeez, I'm tired. I need some time off — if only to get the damned garage rebuilt. Or start to get it rebuilt. It will probably take years even if I can find a contractor who will take on such a small job.

Stupid, psycho cat.

'Inspector?' I hear a voice I don't recognize from somewhere behind me.

I turn and this woman, probably about thirty, who is quite attractive in a kind of scary sort of way is standing a few feet from me. She's wearing medical scrubs, short sleeves, no coat or other outer garment that might be a shield against the cold and the wet and the wind. She's dressed like it's a balmy afternoon on some other, less dreary, corpse-free riverbank.

A freakishly tall man, a little older, is behind her, also in scrubs. He at least is wearing a weather-appropriate jacket. It's a half-size too small for him and ugly as hell — bright, almost fluorescent green — but it's probably warm and may offer some rain protection.

I have lost all feeling in my toes and fingers and my ass is actually shivering, which I didn't think was even possible, but it is really freaking cold out here.

'Yes?' I answer the lady in scrubs.

'I'm Dr. Philomena,' the woman says. I nod. I have no idea why this is important or who the hell she is. And how is she *not* shivering? 'Dr. Philomena' — her name must be Greek for 'impervious to cold.' I don't think she works with the Coroner — who is late. As usual.

The good doctor speaks again. 'I'm your veterinarian.'

I nod. I only spoke to her briefly on the phone which is why I didn't know the voice. I never saw her because I left my lawless cat with someone at the veterinary practice who was not the humongous but presumably warm man in the ill-fitting and hideous jacket that is sort of a raincoat.

'We're here to talk to you about your cat,' he says. 'I'm Bertram Savoy, Dr. Philomena's assistant.'

I nod again. What the hell is the veterinarian who does not feel cold and her behemoth of an assistant with no taste in jackets doing out here? And how did they find me? They have my number. I left my card. Do they not know how to call people? I know they have a phone.

I look around, hoping to escape having to deal with whatever crap this is. The forensic rodents and the photographers are still busy — it seems to be taking a very long time for them to catalogue basically zero evidence. Their mouths are moving as they bustle around, but the wind muffles whatever they're saying.

I turn back to Dr. Philomena and she speaks in an officious tone. 'There is nothing physiologically wrong with your cat.' Bertram nods and says, 'No, in fact, our examinations concluded he is in excellent physical health.' He pauses and looks at the doctor. 'Would you like to explain?' he asks. She smiles — she has a very radiant and charming smile. 'No, you're doing fine, Mr. Savoy. Please continue.'

'Well,' he says. 'Your cat — I understand you just call him "Cat?" '

I nod yet again, hoping he'll get to the point. He smiles, a bit condescendingly I think. 'Well, Inspector, your cat does seem to have a number of significant psychological issues. "Sociopath" is a strong word to use with regards to a cat — although it's technically accurate more often than you might think.'

Given recent events it seems to me like it's a pretty reasonable assumption to make about cats — *all of them* — but I don't say this out loud.

Dr. Philomena jumps in. 'We have discussed a treatment protocol which we believe will help your cat better cope with his illness and reduce his violent tendencies.' She pauses. 'Or at least the intensity of his acting-out stemming from those tendencies.' The doctor looks at Bertram again and continues.

'We believe we may be able to guide him away from blowing up garages and towards things which are normally more associated with cat behaviour — scratching the furniture, urinating on the laundry, throwing up on your head while you're sleeping, that sort of thing.'

I nod. I start to think maybe they can just find someone else to take care of the little monster. I thought a pet would be a good thing to help me relax, keep me company, but I don't need the grief that comes with a cat who blows up garages. The doctor and Bertram are now discussing feline psychology and behaviours. I don't really care, so I look back at the murder scene. The forensics team seems to have finished and the Coroner is now actually present.

From this distance, it seems he might even be sober, unlikely though that is.

There is another person who I don't recognize, watching the scene... Moderately tall, a little above average, with flowing white hair and matching goatee and wearing glasses that give him a slightly professorial look. He is smiling and walking towards me.

'Excuse me,' he says.

Dr. Philomena and Bertram stop their conversation and look towards me and the gentleman, who, up close, I can see exudes a deep intelligence and who is genuinely handsome — although I don't usually think that way about other men.

The brilliant-looking, stunningly attractive man is speaking. 'I need to tell the three of you something.' He looks back at the crime scene. 'Actually, I need to tell them as well, but I'll start with you.'

He takes a deep, and it sounds to me, slightly wheezy breath. 'You're not real,' he says, very serious. 'You are characters I have created and written, albeit badly.' He pauses, an expression of chagrin crossing his rugged and, frankly — I don't know how else to describe it — beautiful face.

He speaks again. 'I have been trying to write a grim and gritty crime story featuring a hard-boiled alcoholic police inspector who has a serious gambling problem and a myriad of disturbing sexual perversions — '

He looks at me. 'Sorry about that,' he says.

He takes another noisy breath and goes on. 'Anyway, my cat was being an absolute beast this morning. He's always quite needy, but this was an entirely new level. He was scratching the sofa and running around jumping on things and yowling like a banshee and really just being a little fuzzy jerk.'

The beautiful man pauses. I think he's trying to find the right words and I feel for him, because I'm sure that the self-expectations which come with being the extraordinarily brilliant writer he obviously is must be damned hard most of the time.

'I was trying something new, trying to shake things up and broaden my scope. I primarily compose nature poems, in which I strictly observe the rhyme, meter, and narrative conventions of Neo-Formalism. I'm especially drawn to crafting sonnet cycles. Anyway, I'm afraid the chaos of the morning and the cat's behaviour distracted me and that sort of got mixed in with my story. I started thinking that I should take him — the cat— to the veterinarian to ask about behavioural modification treatment. I know, for a cat? Ridiculous, right? And then the story got increasingly muddled and blurred with the cat and the vet and now we're all out here freezing and you're not even real, so...'

He pauses again. 'I'm just going to have to leave you hanging. I'm stuck. I have nowhere to go with this, so, as much as I hate to press the "delete" key, um, well... I guess this is the end of your existence.'

We're staring at him. Even the forensics people and the surprisingly sober Coroner are staring at this paragon of masculinity standing before us, his once-in-a-millennium intellect and creative genius emanating from him almost like the glow of heat from a bonfire — and indeed, we, all of us, for a moment, feel warmed and lifted up somehow and the bleak greyness and damp of the morning seem to dissipate.

No one speaks or moves until the pause becomes long enough to be awkward.

'So,' the most magnificent human being any of us will ever meet says finally, 'I suppose this is good-bye. Again, my apologies.'

And he walks off. I feel a strange sensation in my body — as if I'm, I don't know — *fading away?* Is that even possible? I mean,

this is some kind of weird and unfunny joke,
right? But it does feel like —
Something —

   I can't quite —

Serial Killers Get No Respect!

A Letter to the Editor, Submitted to and Rejected by Several Daily Newspapers:

Dear Editor,

The media are very fond of, even obsessed with, publishing stories about serial killers — sensationalist stories.

We are grateful for the attention, although we are concerned about the number of consistently repeated misconceptions which have been published. In the interest of correcting the record and providing accurate information, I wish to address some of these fallacies.

First, no one sets out to be a serial killer, absolutely no one. It is possible some people may think they do, but if so, it is highly improbable that they would be very good at it. A person may be drawn to our vocation, but undoubtedly this has more to do with some sort of adolescent confusion or other psychiatric or hormonal issue.

Most of us who are truly called initially fight it until — with the right kind of careful mentorship and support — we embrace our inner selves and set out on the glorious journey, seeking always to accomplish as much as we can to the highest standards possible.

We take great pride in our work.

Second, there is substantial confusion about those who professionalise their bloodlust to make money from sheer volume as opposed to those of us who trudge the more difficult spiritual path and do not engage in tawdry profiteering. These "hired hands" may rack up genuinely impressive numbers, but their "work" demeans the sacred art.

Third, please — *please* — do not equate us with the so-called "spree killers." Those wretched people need anger management therapy and prolonged rest.

"My girlfriend broke up with me and I lost my job and the bank foreclosed on my house and the government is after me for taxes and the lady at Kentucky Fried Chicken yelled at me because she didn't like the way I parked and they gave me Extra Crispy instead of

Original Recipe, so I'm going to go out and get even by killing someone every evening at sundown. That'll show them — that'll show them ALL!"

Pathetic.

These hapless dilletantes defile the holy craft. They do not formulate the required exacting plan, minutely engineered to the very last element. They do not and cannot understand the perfect kill, the exquisite sacrifice of the one who is so carefully chosen.

These useless wannabes and their cheap theatrics insult those who answer the true calling. With their mind-numbing predictability and their infantile lack of imagination and zero panache, they besmirch our hallowed mission.

They are charlatans, soulless and gutless.

They deserve their life-in-prison sentences and their lethal injections and the loathing and disgust they receive. They are not to be feared; they are to be pitied and despised.

Those of us who have answered the eternal summons to celebrate the mortality of our species, who practise and enhance our sanctified rituals, cannot abide the loathsome money-grubbers and the hot-headed show-offs. Something should be done. These pretenders must be eliminated.

The righteousness and purity of our holy burden must be preserved.

I hope this corrects some of the unfortunate and hurtful misinformation that has been circulating and, further, that you adjust your reporting accordingly.

The Brethren and Sistren of the One True Calling, we who exult in professing the honoured title of Serial Killer, thank you.

– Contact details not provided

LE TSUNAMI, ou - Pas seulement en Asie

Y'a urgence en Asie

Dans l'imminence

Pour la survie

Tous les toubibs

Sont en partance

Aussi je pense

À ton appui

D'puis ta fréquence

T'as bien saisi

Qu'à l'évidence

C'est toi l'nanti

Alors oublie

Ton opulence

Dans l'ignorance

Qui t'enlaidit

T'es bien tout p'tit

D'vant la puissance

Du tsunami

Il faut te dire madame jet set

Et puis aussi monsieur G7

Que d'être en reste

C'est tellement moche

Faudrait qu'tu pioches

Au fond d'ta veste

Sans qu'ça t'écorche

Lâche donc du lest

Pour tous ces mioches

Juste quelques miettes

Grâce à ton geste

Tout s'ra moins moche

Qu'tu donnes de France

Ou de Russie

Laisse ta plaisance

Ton jacuzzi

Les rangs grossis

Par ton alliance

Sont l'espérance

De toute leur vie

Toi t'as la chance

D'être bien en vie

T'as l'élégance

Les beaux habits

Dans la souffrance

Et dans les cris

Ils ont l'errance

Toi le logis

À l'évidence

C'est toi l'nanti

Toi t'as l'euro

Eux la roupie

Sur la balance

J'tiens pas l'pari

Surabondance

T'es bien assis

Et tu t'expanses

Sans le devis

L'eau de ton puits

En abondance

Tu la dépenses

Avec gâchis

Et bien dépenses

Pour des abris

Ô mère d'Asie

À l'esprit sage

Ô mère d'Asie

Tu cries ta rage

Voir des débris

Sur toutes tes plages

N'a pas suffit

À ces sauvages

Inassouvis

De leurs pillages

Ils ont commis

Aux mépris d'l'âge

Sur tes petits

L'affreux carnage

Ô mère d'Asie

À l'esprit sage

Pour toi je prie

Je vis ta rage

Tu dis clémence

Quand l'temps est gris

Que tes vacances

Soient pas finies

La différence

Est bien ici

C'est pas en France

Le tsunami

Quelle éloquence

Quand   je vous dis

Que d'puis l'enfance

Déjà tout p'tit

L'homme dans l'outrance

Est un pourri

Je m'en dispense

C'est mieux ainsi

Kevin seul dans la forêt

Normalement, une association de chasseurs est un groupe soudé. Chacun doit faire confiance aux autres pour respecter les règles anciennes (et les mille nouvelles) de solidarité et de sécurité. Un déplacement non prévu, un trébuchement avec le fusil chargé et désassuré, un petit sommeil – tout peut avoir des conséquences fatales ; il suffit de lire les journaux après la date de l'ouverture de la chasse.

Mais nous, à Lorraincourt, la solidarité, on en a marre. Marre de Kevin avec son caractère de cochon, son insouciance et son obsession de tirer, de tuer, d'annihiler. S'il s'agit de donner à manger aux animaux en hiver, de débroussailler les chemins à travers nos bois, de s'occuper d'un chien blessé – il n'est pas là. Mais pour tirer mille balles, même dans les situations les plus précaires, en direction des jardins, des maisons ou de nos chiens, vous pouvez compter sur lui. Ne parlons pas des fêtes, vide-greniers ou autres événements que nous organisons : il vient lorsque tout est prêt, il boit comme un trou et il s'engueule avec tout le monde.

Bref, on en a vraiment marre, vous l'aurez compris.

Alors, notre Président nous a convoqués en cercle restreint pour voir ce qu'on pourrait faire. Les idées ne manquent pas. Lui parler ouvertement ? Il ne comprendra que dalle. L'exclure de notre société ? Impossible, car le Président, c'est son papa. Casser ou cacher ses fusils ? Il en achètera d'autres. Porter plainte pour toutes ses fautes ? La fédération s'en fout. Des idées encore plus drastiques étaient pensées mais pas prononcées.

A la fin, et après quelques verres de gnole, on décide de lui faire peur, de lui montrer ce que c'est d'être seul et abandonné, sans les copains et dans la terreur d'une forêt hostile. Cela lui servirait de leçon – et après, on fêterait sa purification ensemble.

Alors, vendredi après-midi, Kevin a reçu un message sur son portable :

"J'ai découvert une niché de loups dans notre réserve de chasse, avec trois jeunes louveteaux. Tu viens ? On va s'amuser avec eux avant de les massacrer, ok ? A tout de suite."

Les coordonnées GPS étaient inclues, mais pas le nom de l'expéditeur.

N'importe. Kevin est tout feu tout flamme. Il sait qu'une réserve de chasse est sacrée et que tuer un loup est passible de 3 ans d'emprisonnement et de 150.000 euros d'amende. Mais ça l'excite encore davantage. Il ne connaît pas l'endroit indiqué, mais rien ne l'arrête pour foncer dans cette partie particulièrement dense de la forêt. Et elle est vraiment très dense, avec des arbres morts partout en travers, des ronces, les moustiques, les guêpes et la boue qui rendent le passage encore plus dur.

Arrivé enfin, il se rend compte que la lumière commence à tomber. Il regarde autour de lui mais ne voit ni celui qui avait envoyé le message, ni les louveteaux – rien que la masse sombre des arbres et arbustes qui lui paraît tout d'un coup menaçante. Les petites voix de la forêt lui sont familières : les petites pattes des souris, le craquèlement des branches sèches, le chant des pigeons ramiers – il connaît tout ça. Mais ici, il entend en plus des murmures et des chuchotements qui deviennent de plus en plus insistants :

"Kevin – Kevin !" .

Ou est-ce son imagination ? Trop bu au déjeuner ? Une blague des copains ?

Il hurle :

"Montrez-vous ! Ne pensez pas que vous pouvez me faire peur, salopards !"

La seule réponse est un rire moche et méchant, venant de nulle part.

Kevin sort sa carabine et tire là où le bois est particulièrement dense car il croit y avoir vu une ombre : rien, sauf encore un rire. La nuit est tombée, et Kevin se rend compte qu'il a perdu le sens de l'orientation - et que son portable a disparu. Alors, il décide de foncer tout droit dans les arbres, mais là, il se retrouve en face d'un cerf squelettique qui a les yeux fermés et une grande plaie à la place du museau. Lorsque Kevin se tourne dans l'autre direction, il trébuche sur le corps d'un marcassin, horriblement mutilé par des balles, et à côté, ce héron, sur lequel Kevin avait tiré parce qu'il s'ennuyait et n'avait trouvé aucune autre victime de chasse l'autre jour, avec une aile manquante et le plumage tâché de sang. Maintenant, il l'entend clairement :

"Kevin, sans pitié, boucher des animaux, terreur de nos forêts..." et il voit une lueur pâle qui paraît naître au fond de la forêt et qui s'approche lentement, très lentement...

Le lendemain, à Lorraincourt, le cercle restreint des chasseurs est de nouveau réuni.

"Alors, dit le Président, quand allons-nous envoyer ce message à Kevin ? Tu l'avais déjà préparé, n'est-ce pas, Jeannot ?"

Jeannot regarde son portable et devient pâle.

"Euh, enfin, purée, je crois que je l'ai déjà envoyé par erreur hier ; c'est ce que dit ma boîte mail, il paraît."

"Quoi ? Déjà envoyé ? Et Kevin ? Il n'est pas venu à la maison hier, mais je pensais qu'il était chez un de ses copains en ville ? Alors, en route, qu'attendez-vous ?   Cherchons-le !"

Grâce au GPS, les chasseurs finissent par le trouver. Il est assis le dos contre un arbre, sa carabine cassée à côté de lui, les yeux grands ouverts – mort. On aurait cru qu'il avait vu quelque chose de terrible, trop terrible même pour un dur à cuire comme lui. Mais peut-être est-ce de la spéculation vaine ? En tout cas, il ne porte aucune blessure, seulement une amulette dorée entre ses jambes avec l'image de Saint-Hubert que ni son père, ni les autres n'avaient jamais aperçue chez lui. Certainement un cadeau...

Mais de qui ?

Spicherer Höhen - die Revanche

„Nein", sagte die junge Serviererin zu ihrem Chef im Gasthaus "Zum Spicherer".

„Den da drüben werde ich nicht mehr bedienen. Der ist mir sowas von unheimlich, brrr. Geh Du doch selber!"

Der Gastwirt schaute hinüber zu dem Tisch, wo der angesprochene Gast, wie seit einer Woche jeden Mittag, alleine sass, immer das Gleiche bestellte (Gambas nach Art des Hauses mit Mineralwasser) und finster vor sich hin starrte. Nie sprach er mehr als das Nötigste, nur einmal fuhr er die Bedienung wütend an, als sie ihn fragte, ob sie den Golfsack, den er auf den Stuhl neben sich platziert hatte, woanders hinstellen sollte. Er sprach deutsch mit starkem französischen Akzent, war gut gekleidet und ein eher südländischer Typ, auf jeden Fall nicht von hier.

Nach seinen einsamen Mahlzeiten stand er auf, griff sich seinen Sack und verschwand spurlos in den angrenzenden Wäldern. Wer er sei, wo er übernachtete, was er überhaupt wollte – darüber machte sich mittlerweile nicht nur der

Wirt seine Gedanken. Aber heute wollte er der Sache mal nachgehen, auch um es nicht mit seiner Angestellten zu verderben, auf die er schon ein Äugelchen geworfen hatte.

„Darf ich mich einen Moment zu Ihnen setzen?"

Der mysteriöse Gast zuckte zusammen und funkelte den Wirt an. Können schwarze Augen so glühen? Aber er machte eine Handbewegung, die der Wirt als Zustimmung deuten konnte.

„Also, ich möchte ja nicht neugierig sein, aber da Sie jetzt jeden Tag hier bei mir zu Mittag essen, würde es mich schon interessieren..."

Weiter kam der Wirt nicht. Der andere schmiss sein Besteck auf den Teller und schrie: "Revanche will ich, deswegen bin ich hier in diesem Scheiß Land in diesem Scheiß Gasthaus – Revanche, hören Sie?"

Für einen Gastwirt ist es gut und nützlich, in Krisensituationen ein dickes Fell zu haben und kühlen Kopf zu bewahren, und unser Mann hatte beides.

„So, Revanche also? Und wofür, wenn ich fragen darf?"

Der Fremde sprang auf, so dass sein Stuhl nach hinten kippte und brüllte: „Für die Schmach der Niederlage auf den Spicherer Höhen natürlich! Um die Schande, die seit über 150 Jahren meine Familie befleckt, endlich reinzuwaschen! Um mich bei dem zu rächen, der alleine dafür verantwortlich ist: Deinem Ur-Ur-Großvater!"

Das war sogar für den Wirt zu viel: „Sagen Sie mal, gehts noch? Schmach? Mein Ahne? Entweder Sie erklären sich, oder Sie fliegen hier hochkant raus. Schauen Sie doch: Meine anderen Gäste sind alle schon aufmerksam geworden."

Der Fremde griff zur Golftasche und zog einen länglichen Gegenstand heraus.

„Siehst Du das? Weißt Du, was das ist? Schon mal vom Chassepot gehört? Dem Gewehr, mit dem wir Franzosen eigentlich die Schlacht hier hätten gewinnen müssen, hä? Wenn nicht, ja wenn nicht Dein Urahne meinen so abgefüllt hätte, dass er seine Mission, den preußischen Aufmarsch in Saarbrücken auszuspähen - ja, verschlafen hätte!", und hier schaute er noch wütender drein als vorher.

„Dein Ur-Ur-Großvater musste doch wissen, dass meiner als Zuave keinen Alkohol gewohnt war, und als mein Ahne endlich aufgewacht war, hatten die Deutschen schon mit dem Sturm auf den "Roten Berg" begonnen. Sie haben ihn sogar als "ersten Gefangenen dieses Kriegs" vorgeführt und schließlich mit Schimpf und Schande nach Hause, nach Algerien gejagt. Davon hat sich meine Familie nie wieder erholt, denn wir haben ein längeres Gedächtnis und einen höheren Begriff von Ehre als Ihr hier, compris?"

Der Gastwirt hatte seine Contenance wieder gefunden.

„Aber mein Freund, der Letzte aus der Linie der Spicherer-Wirte ist vor fünf Jahren gestorben, und ich habe dann das Gasthaus ersteigert. Mein Ur-Ur-Grossvater war Bergmann in Göttelborn und ist nie hier gewesen!"

Der Fremde wurde so bleich, wie seine Hautfarbe es erlaubte. Trop tard, trop tard – zu spät gekommen, nach all den Jahren!

Er drehte sich im Kreis, fuchtelte mit dem Gewehr herum und richtete es abwechselnd auf den Wirt, die Bedienung und die anderen Gäste. Dann besann er sich, griff die Tasche und rannte zum Ausgang, wobei er noch mit dem Lauf der Waffe an der Garderobe hängenblieb und sie umwarf. Dann war er weg.

Epilog

Am Rande der Autobahn zwischen Saarbrücken und Metz steht ein großformatiges Schild, zum Gedenken an die deutsch-französische Schlacht auf den Spicherer Höhen, der ersten des unseligen und sinnlosen Krieges 1870-71. Wenn Ihr dort vorbeifahrt und genau hinschaut, könnt Ihr in der Mitte ein grosses Loch sehen, gemacht von einem "fusil modèle", auch Chassepot 1866 genannt. Alle, die an dem bewussten Tage in der Wirtsstube des "Spicherers" zugegen waren, wissen, wer dieses Loch geschossen hat und warum – und jetzt wisst Ihr es auch.

Charles Kühn, ou-

Comme on se retrouve!

Il était le chouchou de toutes les étudiantes de l'Université de Nancy ; et évidemment, moi aussi, je tombai amoureuse de lui. Oh, Charles ! Beau comme le jour, charmant, issu d'une famille riche et puissante, des châteaux en Bourgogne et en Flandres, tout le temps en voyage et déjà à l'époque plus aventurier et entrepreneur qu'étudiant.

Prenons la petite cabane sur la rive de la Meurthe, où nous nous rencontrions le soir pour – vous devinez pourquoi. Cette cabane appartenait à un vieux pêcheur qui obstinément refusait de la vendre à Charles jusqu'au jour où le vieux était mort et où Charles put présenter un acte notarié selon lequel le pêcheur lui avait cédé sa propriété.

Ce fut dans cette cabane que je lui confiai que nos nuits romantiques et pleines de passion

n'étaient pas restées sans conséquence. Il me jeta un regard glacial :

"Ma chère Jeanne, cela ne me convient pas du tout en ce moment ! J'ai prévu un long voyage la semaine prochaine pour explorer la possibilité d'investissements importants sur le marché européen. Pas de temps pour une famille ou d'autres bêtises. Je propose que tu t'en débarrasses."

Et au revoir. Adieu moi, notre enfant et la cabane, et je ne le revis plus – jusqu'à aujourd'hui. Mais ne brûlons pas les étapes.

Après son départ, je suivais son ascension fulgurante dans le monde politico-financier via les journaux et à la télé : des contrats de coopération avec d'autres pays, les photos sur lesquelles il souriait avec des banquiers et politiques, et parfois un rachat hostile lorsque le sourire avait disparu. J'avoue que ce qui me faisait toujours peine, c'était les autres conquêtes, les amoureuses, avec des mannequins, actrices ou les filles de ces messieurs avec lesquels il venait de conclure ses affaires.

Entre-temps, notre fils Antoine eut 10 ans. Charles n'en savait rien, et j'avais arrangé les choses de telle façon que mon époux René était convaincu que c'était son fils à lui. Je m'occupais aussi de l'entretien de la cabane du pêcheur. Charles voyageait sans cesse à travers l'Europe, il avait partout une demeure, et il l'avait certainement oubliée (ou réprimée). Et moi, j'aimais bien ce petit endroit au bord de la rivière avec Antoine et nos Goldens, beaucoup de souvenirs heureux, et quelques-uns moins heureux.

Juste au moment où je me demandais si ma vie était figée pour toujours – avec un gentil mari qui avait un grand nom en Lorraine, un train de vie luxueux et des amis influents et charmants dans la société lorraine, Charles téléphona : il était en route entre la Suisse et Gand, via le Luxembourg (pourquoi donc ?) et il serait ravi de me revoir pour parler du bon vieux temps. En plus, il voulait me faire part d'une petite idée...

Tiens, une idée ? J'avoue qu'en cette période où je me posais des questions sur moi-même et ma vie, cela m'intriguait. Qu'est-ce qu'il avait encore concocté ? Résumer notre liaison amoureuse ? Une nouvelle vie pleine d'aventures et de chaos ? Une offre hostile en Lorraine ?

Je lui proposai le lendemain au soir dans la cabane. Il fut tout de suite d'accord. Peut-être fut-il surpris de cette réponse rapide et positive de ma part ? En tout cas, j'avais assez de temps pour me préparer à toute éventualité.

D'abord, tout nettoyer. Ensuite, commander des petits fours chez Pruneaux et mettre au frais le Crémant de Coiffy que Charles avait toujours aimé. Une heure chez le coiffeur, inventer une bonne excuse pour René et enfin un passage à la pharmacie de ma meilleure copine. Sortir encore la petite robe noire, et j'étais prête.

Evidemment, il était à l'heure. Encore plus beaux qu'il y avait 10 ans, sportif, élégant et en pleine forme – dont il voulut tout de suite me donner la preuve. Mais moi, je voulais depuis toujours d'abord lui poser cette question : "Pourquoi ? A quelle fin sans cesse ces luttes, ces conquêtes, et jamais assez ? Pourquoi ?"

Mais j'étais pleinement occupée à me débarrasser de ses avances et à lui servir des verres de Crémant, jusqu'à ce qu'il comprit que je n'étais plus la proie facile d'avant.

Alors, il passa sans détour à sa vraie préoccupation : "Je voulais te remercier, Jeanne, de t'être tellement bien occupée de notre fils pendant toutes ces années. Comme mes espions me l'ont rapporté, il est devenu un garçon intelligent et lucide qui peut déjà s'affirmer, même s'imposer. Cela me plaît. J'ai aussi une fille, Marie, qui est très gentille et charmante, mais il lui manque le coeur de lion, la dureté qu'il faut avoir si l'on veut devenir mon successeur et héritier."

Là, j'ai presque pété les plombs. Adieu la romantique ! Ce porc complaisant était tout le temps au courant pour Antoine et l'avait même fait espionner ! Comment ? Par qui ?

Mais j'arrivai à paraître calme et je le laissai continuer.

"C'est pourquoi j'ai décidé de l'emmener avec moi à Gand, le siège principal de mon empire, et de lui donner l'éducation nécessaire : affaires, finances, et dans son temps libre la boxe, le rugby et l'escrime. Dans quelques années, il pourra m'accompagner dans mes voyages et campagnes, apprendre comment survivre dans ce monde de requins, et en devenir le plus méchant. Ton cher René comprendra certainement, et sinon, tu peux venir avec. J'ai assez de place dans mon château."

Avant que je n'aie pu ouvrir la bouche pour lui dire ce que MOI j'en pensais, son i-phone sonna.

"Oh, sorry. Gand m'appelle. Je dois le prendre." Il se leva et alla dehors sur l'embarcadère, mais je pouvais toujours bien entendre ses mots :

"Quoi, ce salaud de Parisien a de nouveau refusé mon offre ? D'abord, il fait chose commune avec les Suisses, et maintenant, il ne veut plus me vendre des actions de son empire ? Me réduire à zéro, eh ? Eh bien, au plus tard après-demain, j'apporterai quelque chose de la Lorraine qui le fera enfin changer d'avis. Il ne pourra plus s'obstiner. Pardon ? Tu verras, et tu seras surpris, étonné et ravi – et le Parisien aussi ! Ciao."

Après, j'entendis seulement encore un petit clapotis. Ce qui me donna le temps de réfléchir. Ce sac à merde voulait vraiment emporter mon fils comme le butin d'une bataille et l'éduquer à son image de macho insatiable. Que mon secret, que j'avais réussi à garder pendant 10 ans, puisse être exposé au grand jour comme ça, lui était tout-à-fait égal. Et moi ? Ma famille ? La réputation de mon mari ? Rien à foutre ?

Et, pour couronner le tout, il me permettrait gracieusement d'accompagner Antoine à Gand, probablement comme sa femme numéro deux ou trois et nourrice de mon fils ? Me blesser et après encore m'insulter ?

Plus avec moi.

Une colère froide me saisit. Je cherchai le petit flacon que ma pharmacienne m'avait donné et versai un peu du liquide clair dans le verre de Charles qui était à moitié rempli – tout juste avant qu'il ne revienne.

"Alors, ma chère, surprise ? Tu n'as encore rien dit ? Tu auras compris que tout est décidé. Mais on pourrait encore parler des modalités du transfert, si tu insistes. Après tout, il s'agit également de ton fils, n'est-ce pas ?"

Une grosse gorgée, un regard moqueur, et moi, je ne disais – rien. Je l'observai encore une fois de près, assis dans son fauteuil avec toute sa grandeur, sa beauté et sa suffisance, en attente de ma soumission. S'il avait su que ses campagnes, sa voracité et sa cruauté trouveraient leur fin ici et maintenant ! Un mauvais pas, une insulte impardonnable de trop, arrêté par une femme qu'il avait déjà presque oubliée !

Le GHB agit vite. Charles devint mal à l'aise et ses mouvements furent d'abord agités et ensuite ralentis. Il se leva difficilement, murmura quelque chose comme "prendre de l'air" et chancela vers l'embarcadère. Je le suivis en l'appuyant jusqu'au bout du ponton.

Devant la justice, je n'avouerai jamais que, là, je lui avais encore donné une toute petite poussée, même si cela ne fut plus nécessaire. Mais cette petite poussée de rien du tout, je me la devais à moi et à toute ma famille, n'est-ce pas ? Charles tomba dans l'eau nocturne de la Meurthe avec une grosse éclaboussure, se retourna une fois sur lui-même et descendit lentement avec le courant noir.

Assez de temps pour moi d'effacer nos traces, surtout les verres et les gouttes. Demain, je lirai dans les journaux : "Prince de la Finance noyé à Nancy?"

Bon, moi, je ne dirai rien. Il faut savoir tirer un trait sur le passé. Et maintenant, retour à la maison, ma famille et ma vie.

La revanche d'Albert, ou-

Toute une vie

Albert était allongé sur les dalles de sa cave, le regard vers le haut. Ses cheveux étaient déjà trempés de son sang qui giclait d'une plaie béante. Il était tombé, tout bêtement, en allant chercher de la glace pour le genou de Mady et voulait descendre l'escalier de la cave à vin rapidement. Puis, il y avait un gros trou noir autour de lui, et maintenant, il était couché là.

Il regarda attentivement les murs autour de lui. Les quelques outils de jardinage qui lui étaient encore restés, les poignées lisses et luisantes par l'usure, les verres dans lesquels il avait conservé ses tomates, ses poivres et ses cerises, son fidèle fusil de chasse et le sécateur avec lequel il avait taillé des milliers de cèpes de vigne. Il se rendait subitement compte que sa vie avait été belle : le soleil, la camaraderie à demi-mots après le travail des champs, les jeunes femmes autour de la fontaine du château avec leurs manches retroussées.

Maintenant, Albert savait qu'il avait été heureux ... autrefois.

« Bééééebeeeert ! »

Il sourit. Mady. Elle n'acceptait jamais qu'on la laissait attendre, ni aujourd'hui ni à l'époque. Elle avait été une de ces jeunes femmes avec lesquelles il avait travaillé côté à côté dans les vignobles ou aux champs de carottes. Elle avait été belle, et honnêtement, il n'avait jamais compris pourquoi elle avait cédé à ses avances timides si vite. Puis, après la guerre et son engagement dans la Résistance, la République reconnaissante lui avait proposé un prêt à taux zéro avec lequel Albert et ses frères et beaux-frères auraient pu acheter le château où ils avaient tous travaillé comme mains d'oeuvre. Mais les autres n'avaient pas suffisamment de courage, et d'une certaine façon ça n'aurait pas été juste - Albert et un château.

A la place, ils avaient acheté le café du village : du matin au soir au boulot, Mady la patronne comme d'habitude et lui au service de tous. De la paysanne enceinte qu'il devait conduire à l'hôpital malgré le verglas, jusqu'aux chasseurs venant de Nancy déjà à 6 heures du matin en demandant leurs verres de gnole, les fournitures et en saison les nombreux touristes. A l'époque, le Bar des Sports était le véritable centre de la vie villageoise avec le seul téléphone des alentours et une des trois voitures du village. Il était aussi le lieu de rencontre et la plaque tournante des nouvelles et des rumeurs, le royaume de Mady. Et à la fin, ils pouvaient constater que le travail avait valu la peine. Avec leurs économies, ils achetaient la petite maison avec jardin dans laquelle ils habitaient depuis, et il en restait toujours assez sur leur compte. Albert sourit satisfait. Il a été au service du village et il s'était bien occupé de sa famille.

Malheureusement, il n'y avait pas eu d'enfant. D'abord, par manque d'argent, ensuite parce qu'ils avaient trop bossé au café. Et tout d'un coup, c'était trop tard. Mais ils avaient des nièces et des neveux avec leurs enfants qui parfois venaient les voir ou auxquelles on pouvait rendre visite. C'était déjà pas mal.

Pour les visites, les choses devenaient ensuite difficiles. Après la fête pour le 80ième anniversaire d'Albert dans un restaurant, il percuta un tracteur sur le chemin de retour. Le paysan était un copain, mais la voiture était foutue, et Albert ne voulait plus conduire. En plus, Mady était dernièrement devenue très corpulente et avait du mal à se déplacer. Et maintenant son genou ...

Justement à cause de ce genou il était couché au sol ici et pensait à tant de choses. La cave s'assombrit et les outils disparaissaient lentement. Pourquoi ne pas s'en aller comme ça et pourquoi pas maintenant ? 86 était un âge correct, et toute sa fratrie était déjà morte depuis longtemps, en dernière sa sœur il ya 5 ans. Il s'était toujours émerveillé pourquoi c'était lui qui avait été épargné et permis de rester jusqu'au bout. Peut-être là aussi, il avait bien fait les choses ?

« Bééééébeeeeeeert ! »

Il connaissait ce ton. Le dernier avertissement avant qu'elle ne devienne réellement désagréable et lui reprocha tout et n'importe quoi: sa complaisance, son caractère lent et timide et surtout le fait qu'il n'avait pas réalisé le rêve de Mady de devenir châtelaine. Mais maintenant, et pour la première fois dans sa vie, il refusa de lui répondre. Laisse-la crier. Elle verra ...

Il sourit encore une fois et sentit que quelqu'un lui rendit son sourire. Une silhouette était debout à côté de lui et le regarda d'en haut. Légère, presque transparente, certainement une femme : La jeune Mady ou une des autres filles de la fontaine ? L'ombre se déplaça délicatement sur la pointe des pieds vers la porte et le salua encore une fois avec un geste amical. Un adieu ? Un remerciement ? Et peut-être une promesse.

Cela s'est passé à Nancy, ou-
Pas de supplément

Pierre et Monique – Monique et Pierre. On les a rencontrés, on se trouvait sympas, on a échangé des livres, et on a fêté ensemble la victoire de Macron (c'était avant son virage à droite). Un couple avec une histoire et avec des histoires, comme nous. Elle, avec ses vues claires et sans appel sur le monde et ceux qui y vivent, et lui avec son côté espiègle et un peu artistique. Deux personnes complémentaires et attirantes. Bref, on est devenus des amis qui se sont vus régulièrement jusqu'au moment où ...

Nous croyons que c'est arrivé au plus tard lorsqu'ils ont décidé de vendre leur vieille maison dans un petit village près de Nancy. Ils l'avaient restaurée avec amour et savoir-faire; lui, tout l'intérieur, et elle, le jardin avec des fleurs, des légumes, des arbres et un coin pour se reposer et boire un coup avec des amis comme nous.

Leur nouvelle maison, à 15 km de l'ancienne, était plutôt moderne, sans âme et avec un terrain qui était beaucoup trop petit pour cette campagne lorraine. Monique cessait de jardiner, et Pierre ne bricolait plus mais commença à picoler. Chacun avait maintenant sa chambre à coucher, et la seule chose qu'ils semblaient encore partager était l'amour pour leurs chats.

Nous étions les témoins impuissants de ce déclin: On voyait les signes de la désaffection, mais ils refusaient de l'avouer, voire d'en parler. Monique devenait de plus en plus tranchante, amère et dure; et Pierre de plus en plus malheureux et renfermé, surtout lorsqu'il avait bu – ce qui arrivait souvent.

Peut-être avaient-ils cru qu'un nouveau déménagement pourrait changer la donne? Ils vendaient la deuxième maison et s'installèrent à Nancy. Nous aussi, on avait espoir que cela leur fasse du bien, mais, dès qu'on entra pour la première fois chez eux, on comprit tout : Toujours chambres à part, ils n'avaient emmené qu'un de leurs trois chats; il n'y avait plus de jardin du tout pour Monique et plein de rénovations nécessaires pour Pierre - qu'il refusait de faire.

Au fait, il ne les refusait pas ouvertement – il devenait malade. Il passait des longues journées dans son lit, il ne nous parlait plus au téléphone. Nous étions réduits à l'observer sombrer dans l'alcool et la dépression, et le Pierre joyeux et curieux qu'on avait rencontré jadis avait disparu – comme si quelqu'un avait éteint sa lumière.

Quant à Monique, elle ne semblait pas s'y intéresser. Au contraire, lorsque Pierre était encore une fois aux Urgences de Nancy, elle lui en voulait avec ce dédain farouche dont elle était toujours capable: Sa faute s'il avait bu, s'il était tombé dans les escaliers, s'il était redevenu ce bon à rien pour lequel elle avait quitté son deuxième mari (qui avait beaucoup mieux réussi dans la vie – tout comme le premier, d'ailleurs), et cetera.

Nous retenons toujours l'image de Pierre sur la Place Stanislas, froid dans son manteau qui était devenu trop grand pour lui, avec un regard vide qui cherchait en vain le Café où nous l'attendions. Et Monique, déjà assise à côté de nous, continuait à parler comme si son mari n'était pas dehors, perdu.

Ce fut ce jour-là que Pierre parla pour la première fois "d'en finir". Les petites histoires de ses vies antérieures, il ne les regardait plus comme amusantes mais comme autant d'exemples de son échec, de la faillite de sa vie jusqu'à sa situation d'aujourd'hui. Leur chat venait de mourir, pas question d'en avoir un autre. « Plus de chat ? » C'est à ce moment que nous décidions de faire quelque chose, d'essayer et sauver notre ami Pierre. Nous avions compris que son salut ne pouvait plus venir de Monique. Au contraire, avec son dédain évident, elle l'enfonçait de plus en plus dans sa dépression, dans son dégoût de lui-même et de sa vie - et dans l'impossibilité de s'en sortir.

Pour nous, choisir entre les deux était facile: Il fallait sauver Pierre. De notre vie antérieure en Provence, nous étions toujours en contact avec le patron d'un bar dans le port de Marseille. Sans hésiter, il nous donna un numéro de téléphone où demander un certain "Jo".

"Jo" était prêt à nous voir et à accepter notre proposition. Deux jours après, il se présentait à Nancy. Pour un tueur à gages, c'était un homme plutôt agréable, et surtout professionnel. Tout ce qu'il voulait, c'était une photo et l'adresse de Monique, plus la moitié de ses honoraires. Rendez-vous Place Stanislas dans trois jours.

Il était ponctuel et content d'avoir fait son travail. Après avoir reçu le reste de sa paie, il avait quand même encore quelque chose à nous dire:

"Faut que je vous informe qu'il y a eu un petit pépin: Lorsque j'en eus fini avec elle, la porte s'est ouverte et un monsieur en peignoir est entré avec un regard vide, mais tellement vide.

Je ne crois pas qu'il ait compris ce qu'il voyait. Mais dans mon métier, vous savez, impossible de laisser survivre des témoins, c'est une règle d'or.

Ne soyez pas si choqués. Je n'exige pas de supplément. C'était un plaisir de travailler avec des gens comme vous".

Au revoir, ou plutôt bye-bye.

La police conclut qu'il s'agissait d'un cambriolage qui avait mal tourné. Pas de traces du cambrioleur, rien volé, affaire classée. Faute de familles, nous avons enterré Pierre et Monique ensemble. Ils reposent de nouveau côte à côte, comme auparavant.

Donc, pour nous, pas de raison d'avoir une mauvaise conscience. N'est-ce pas?

Oh Bruder

Da baumelst du, oh Bruder. Du schaukelst kopfüber etwas im Wind, doch triffst den Rahmen des Eingangsbogens zum Pingenpfad nicht. Jetzt bist du ruhig, gar friedlich.

Ich habe dich in deine Lieblingskleidung gekleidet, deine Arbeitskluft. In dem schicken Beige mit den goldenen Knöpfen, auf welche Schlägel und Eisen geprägt sind. Die schweren Schuhe müssen dich jetzt nicht mehr tragen. Den Helm allerdings, dass er an blieb, ist nicht so einfach gewesen. Ich habe mit Nägeln nachhelfen müssen und ihn fest an den Kopf gepresst. Die Reste des Kohlestaubs auf deinen Wangen und der Stirn sind so wie immer, wenn du nach Hause gekommen bist.

Es ist immer schön gewesen, wenn du von der Arbeit erzählt hattest, wie du und die anderen Kumpel in Reden unter Tage eingefahren seid, wie am Itzenplitzer Weiher das Pumpenhäuschen den Untertagebetrieb mit Wasser versorgt hatte. Wie du so fleißig die Lore beludst und von den Gebeten, bevor es zur Seilfahrt ging. Ich war stolz auf dich, deine

Leistungen, deine Arbeit. Jeden Tag erklang zum Abschied und zum Wiedersehen der Bergmannsgruß „Glück Auf!" Du warst mein großer Bruder, der Beste, den ich mir wünschen konnte.

Außer dir gab es noch Mutter und Vater, doch sie waren anders. Vater war häufig sehr laut und wütend und Mutter traurig, sie weinte viel. Außerdem verwendete sie oft die falsche Schminke in grün und blau, die sie im Gesicht so aufgetragen hatte, dass es an manchen Stellen fleckig aussah.

Du halfst mir, mein Bruder, warst immer für mich da. Du konntest einfach alles, nichts bekamst du nicht wieder hin. Meine Spielsachen repariertest du mir. Gab es Probleme mit den Jungen aus meiner Klasse, hast du mich zur Schule begleitet, ihnen in ruhigem Ton etwas gesagt und alle waren wieder ganz brav. Du lachtest so schön, dann wurde es mir immer ganz warm ums Herz und ich musste mit dir lachen. Doch eines Tages sahst du traurig aus, die Grube schloss und du würdest deine Arbeit verlieren, das Einzige, das dir Freude und Abwechslung bereitete.

Dann, eines Tages, wartete ich vergebens auf dich, du kamst nicht nach Hause. Ein anderer Mann mit unglaublich traurigem Blick kam abends zu uns. Du hingst an einer der Sprossen des großen, braunen Schornsteins in Reden. Kopfüber hattest du deine Beine mit einem Seil an die Sprosse gebunden. Dein Helm war vom Kopf gefallen. Vater war nicht traurig, er war wütend. Mutter hatte eher Angst, als dass sie Trauer zeigte. Ich wollte ihnen so gerne helfen. Jetzt schlafen sie, zugedeckt vom Weiher, bewacht vom Pumpenhaus. Und du mein liebster Bruder hängst hier und schläfst friedlich, den Schlaf der Gerechten.

Gedanke im Rähn

Sah mo, hat dir enna ins Gehirn geschiss? Du bleeder Depp! Hauptsach mit de scheiß Bonzekarre Dorsch die eenzischt Pfütz uff de ganz Strooß gebrettert. So e unprevilligierter Maulesel. Naja, vielleicht wars aach kee Absicht. Der hott sisch vielleicht dummele misse. Odder er hott heit Morje schunn Stress gehaat. Wer wees, vielleicht wars aach eenfach nur e Missgeschick geween, was wees isch dann? Egal, gehn isch halt nedd spaziere, war eh e Schnapsidee, bei demm Schutt, der do runner kummt. Dann gehn isch halt hemm in die Bitt, bevor isch noch die Freck grinn.

In de Waschkau

Helm, Hemd, Bux, Blut!

Von Quetsche unn Äppel

Wenn isch raus in unser Garte gehn, stehn dort e paar Bähm. zwei Kersche, een Birn unn noch einisches anneres an Obscht. Dominiert werds allerdings vom Appelbaam. Der is riesisch mit na Krohn, so groß wie e halwes Zimmer. Unn er hängt voll, mit hunnerde von Äppel. Vill hänge dort, in groß unn kleen, dick unn dinn, rot unn grien. Wenn ma ne im Friehjohr stutzt, schlaht er im Sommer wedder aus. Unn mei Froh war: "Was mach isch nur mit denne ganzen Äppel? "

Ei Klar! Marmelad, awer noh 20 Gläser is dann aach mo gudd. Nägscht Johr hat er jo wedder Äppel unn danne fangt das ganze wedder von vorre an. Dann Appelmus, das geht immer! Unn nadierlich aach e gudder gedeckter, wie die Omma ne frier immer gemacht hott mit Rosine, Zimt unn na Deck, die sich driwwer leht wie die Schaumkrohn uff die tosende Welle am Meer. Dort noch dick Puderzucker driwwer unn Schlachsahn dezu. Lecker!

Unn danne die Quetsch. Aach der Baam steht do, is awwer e bissje schmaler und kleener als mei riese Appel. Awwa die ist diesjohr fruchttechnisch aach explodiert. Iwwer 4 Kilo sinn schon zu Marmelad unn nem leckere Quetschestreusel wor. Awwa immer noch hänge se dort, die wunnerscheene, dunkel lila Früchte. Doch beim Pflücke muss ma uffpasse, weil die nedd nur mir schmecke. Weschpe tummele sich dorde. Unn statt enfach ihres Weges ze flie unn das ze esse, was ohnehin schon von ne aangefress genn is, muss ma ufpasse, dass ma ned gestoch werd. Do muss ma manchmol schnell sinn!

Do denk isch mir isch bin schlau unn schäle es Obst im Garte, dass ischs ned so weit zum Komposcht hann. Do komme sie aach schon, ned direkt, awa doch no na Zeit. Die mache, wie gedoppt. Und danne helft nur eens, renne!

So geht se vorbei, die Erntezeit. Unn aach nägschtjohr bin isch gespannt, wies weitergeht mit meinen Äppel unn de Quetsche.

Hotelbesuch á la H. H. Holmes

„Guten Abend, mein Name ist..."

„Irrelevant! Ich muss Ihren Namen nicht wissen!"

„Gut. Ihr Hotel wurde mir von Herrn..."

„Irrelevant! Das ist zu indiskret, wenn ich weiß, wer uns weiterempfiehlt!"

„In Ordnung. Es war wirklich nicht so einfach, Sie zu finden. Das Haus sieht von außen wirklich sehr unscheinbar aus!"

„Nun, das ist unser Ziel! Wir wollen so unauffällig und unsichtbar wie möglich sein."

„Das kann ich verstehen. Sie sind auch eines der einzigen Hotels dieser Art. Immerhin komme ich aus..."

„Irrelevant! Auch das ist für mich nicht von Belang!"

„Nun gut, dann möchte ich gerne einchecken."

„Kennen Sie unsere Angebote oder soll ich sie Ihnen noch einmal unterbreiten?"

„Bitte klären Sie mich auf."

„Gut! Ich drucke Ihnen zunächst eine Verschwiegenheitserklärung aus. In dieser erklären Sie sich damit einverstanden, dass Sie weder Namen, die in diesem Hotel fallen, noch von konkreten Geschehnissen oder auch Vorkommnissen, die hier während Ihres Aufenthaltes geschehen nennen. Sie geben quasi Ihren Namen und Ihre komplette Identität an der Tür ab und sobald Sie wieder gehen, können sie diese wieder überstülpen, allerdings alles, was hier geschehen ist, bleibt auch hier. Uns weiterzuempfehlen ist in Ordnung, allerdings sind auch hier genaue Beschreibungen strengstens untersagt. All das dient zur Aufrechterhaltung unseres Geschäfts."

„In Ordnung, ich habe unterschrieben. Und jetzt?"

„Jetzt werde ich Ihnen noch einmal unsere Zimmermodelle erklären. Wir haben zum Einen im ersten Stock einige Zimmer. Diese sind alle gleich aufgebaut. Es gibt einen gefliesten Eingangsbereich. In diesem stehen eine Waschmaschine, ein Trockner und ein Schrank mit verschiedenen Reinigungsmitteln. Geradeaus befindet sich ein normales Schlafzimmer mit angrenzendem Bad. Dies ist unser Basismodell.

Dann gibt es noch die Zimmer im Keller. Diese sind komplett gefliest und vor allem für die Menschen die... nun ja... unreinliche Aktivitäten geplant haben. Auch hier befinden sich ein Bad, ein Trockner und eine Waschmaschine, so wie ein Schrank mit Reinigungsmitteln. In beiden Fällen gilt, dass Sie die Zimmer selbst säubern müssen. Die Grundreinigung wird vom Personal übernommen. Außerdem sind all unsere Zimmer schalldicht. Planen Sie bitte vor Ihrer Abreise zwei Stunden ein. Das ist die Zeit, um festzustellen, ob irgendwelche Schäden entstanden sind. Sie geben mir das Geld für das Zimmer in bar. Außerdem fällt eine Kaution von 200 Euro an, die Sie nach der Kontrolle wieder bekommen, wenn alles in Ordnung ist. Also, welches Angebot darf es sein?"

„Ich denke, ich nehme nun erst einmal ein Basiszimmer. Das Andere nehme ich vielleicht das nächste Mal."

„Gut, dann gebe ich Ihnen nun den Schlüssel Nummer 19. Wenn Sie etwas vom Zimmerservice wünschen, nennen Sie bitte nur die Zimmernummer. All dies dient der Diskretion."

„Ich danke Ihnen. Einen schönen Abend noch."

„Das wünsche ich Ihnen auch und einen schönen Aufenthalt in unserem Hotel."

Ich will Ihnen ja keine Angst machen, aber ...

Vorgestern war es Monsieur Fernandez, der es fast geschafft hatte. Heute war es Thierry. Wer es morgen sein wird, weiß ich noch nicht. Aber ich weiß, warum ich an meine Mutter denken muss. Sicherlich wegen der Sache mit dem Feuerlöscher. Sie liebte diese Dinger. Sie gaben ihr das Gefühl von Sicherheit, das kein lebendiges Wesen ihr je hätte geben können.

„Sie sind Deutsche und haben keinen Feuerlöscher?"

„Nein, Monsieur Fernandez."

„Und Sie heizen nur mit Holz? Das ganze Haus etwa?"

„Genau, Monsieur Fernandez."

„Die Kamine sind voller jahrhundertealtem Holzruß ... da reicht ein Funke und ... da brennt hier alles, wie sagt man bei Ihnen so schön ...? L i c h t e r l o h, genau das sagt man."

„Nein, Monsieur Fernandez, das sagt man nicht bei uns."

Wir erzählen ihm nichts von den Phobien meiner Mutter. Auch nicht, dass ich als Kind aus Versehen einen nassen Mopp auf dem Holzofen trocknen wollte und ihn dann in die Abkammer gestellt hatte, in der meine Mutter die Stoffe für ihre Schneiderei aufbewahrte. Und ein Luftzug genügt hatte, die kleinen Funken zu entzünden. Wir lassen Monsieur Fernandez weiter die Kamine säubern und versuchen, die präzisen Temperaturangaben eines möglichen Brandherdes, die er wohl genau kennt, zu überhören. Genauso die fürsorglichen Hausrezepte, wonach man im absoluten Ernstfall, wenn das Ofenrohr schon rot glühe und die Feuerwehr auf sich warten liesse, entweder Waschpulver oder einen geschlossenen Beutel «Eau de Javel» in den Ofen werfen soll.

War es der Mangel an Mitgefühl im Angesicht der Katastrophenszenarien oder einfach nur unsere Kommunikationsschwäche, die ihn ernüchtert, vielleicht sogar enttäuscht hatten? Denn im Verabschieden schüttelte er ungläubig den Kopf und meinte: „Leben Sie schon lange in Luxemburg? Meine Großeltern sind aus Portugal gekommen. Es ist nicht einfach, hier Anschluss zu finden, finden Sie nicht auch? Sind Sie auch wegen der Arbeit gekommen?"

„Genau, Monsieur Fernandez."

Pourquoi?

- ... tu ne m'as jamais rien dit ?

Sa question me coupe le souffle. Je fais semblant de n'avoir rien entendu. Mais elle n'est pas dupe. Au contraire. Malgré son âge elle est restée une chienne de chasse. Elle a pris le vent ... et elle ne lâche plus.

- Eh, toi... tu m'écoutes ?

Elle me fixe avec ses yeux bleus délavés qui dans le temps n'avaient pas seulement plus d'éclat mais aussi plus de chaleur. J'en ai froid dans le dos.

Une seule question tourne dans ma tête avec l'intensité d'une tornade : *Comment sortir de là* ?

Le moment que je craignais le plus au monde, depuis exactement vingt ans, est arrivé. Sans que je m'en sois aperçu. Je n'aurais pas dû baisser la garde. Pas boire ce digestif avant de venir... mais quel connaisseur peut résister à un Armagnac âgé de 80 ans ? L'âge de ma mère ! Et c'est quand même son anniversaire.

J'entends le tic-tac d'une horloge sans me rendre compte combien de temps il s'est passé depuis la question fatale. *Pourquoi, pourquoi, pourquoi ?*

Il y a tant de *pourquoi* ! *Pourquoi* je n'ai pas le courage de lever *l*es yeux vers elle ? *Pourquoi* elle pousse le bout de sa canne dans mes reins ? *Pourquoi* j'ai les larmes aux yeux ? *Pourquoi* je n'ai jamais eu de courage ? *Pourquoi* je ne peux pas disparaître pour toujours?

J'entends sa voix impatiente.

- Alors, j'attends!

Elle ne me laisse pas le temps de répondre à mes questions. Elle veut une réponse à la sienne.

Après une éternité, je lève enfin la tête, tout doucement, prêt à affronter... quoi au juste? Je m'attends au pire. Comme si dans ses yeux se cachait un miroir pour me montrer, pour la énième fois, les horreurs qui se sont passées il y a tant d'années.

Mais non ! Loin de là. Je ne suis pas seule à pleurer. Je me trouve en face de deux lacs bleu clair qui débordent calmement. Elle ne se donne pas la peine d'effacer ses larmes, qui se perdent dans les rides desséchées de ce vieux visage.

Elle lève à peine sa voix, mais elle prononce chaque syllabe sur un ton clair, net et tranchant.

- P O U R ...   Q U O I ... P A S ?
Elle essaie de faire sourire sa bouche, mais le résultat reste une grimace. Malgré son âge et malgré sa maladie elle tient à une réponse. Après tant d'années. J'avais espéré qu'elle allait l'oublier. Elle oublie tout. Pourquoi pas ce petit bout d'une histoire terrible?

- J'avais peur que tu ne me croies pas. Peur que tu croies que c'était de ma faute ... peur que ça puisse détruire votre mariage, votre couple. Le scandale... un divorce? Tout de ma faute?

- Pourquoi ta faute? C'est lui qui ...

Le bruit aigu d'une sonnette électrique déchire sa phrase. On entend des voix et, sans frapper, le gardien ouvre la porte et dit:

- Fin des visites pour aujourd'hui. On ne peut pas faire d'exception. Je vous l'avais dit. Revenez la semaine prochaine.

- N...o...n, pas la semaine prochaine!

Elle se jette dans les bras du gardien et crie de tout son cœur:

- Ca va être trop tard ! Je dois lui dire, maintenant. Je n'ai plus le temps ... Tu dois savoir que j'étais toujours jalouse. Je l'ai fait. Avec joie ! Sans regret. Pourquoi tu ne m'as jamais dit qu'il t'a pris, toi? Son propre fils! Tu aurais dû me le dire avant ...

- Avant quoi ?

- Avant de le tuer, bien sûr. Je savais qu'il se passait des choses terribles. Je ne savais pas avec qui. J'aurais dû le tuer avant ...

Le gardien essaie de se libérer tout doucement de l'étreinte sans déclencher l'alarme.

- Madame Weiss, je vous connais depuis dix ans. On ne va pas faire de scandale maintenant. On va se calmer. Et je vous fais cadeau de 5 minutes, pas plus. C'est bon? Mais je reste ici.

- Je vous suis tellement ... tellement reconnaissante. Vous savez ... on va sauver une vie. Vous allez voir. C'est important.

Je ne sais toujours pas comment elle avait deviné que j'étais au bout du rouleau. Que je ne pouvais plus continuer à vivre - sans réponse. Sans réponse à des questions que je ne connaissais pas non plus. Cela va faire 10 ans cette année qu'elle est en psychiatrie légale. Je la visite pour les anniversaires et à Noël. Et aujourd'hui pour la dernière fois, car je n'en peux plus.

- Je sais que tu cherches à comprendre, inconsciemment, pourquoi tu t'es laissé... violer. N'est-ce pas, mon petit ? Ne me regarde pas comme ça. Non, je ne suis pas folle et toi, tu n'es pas coupable. Laisse-moi ! Non, Monsieur, laissez-moi ... finir. Je dois lui donner son cadeau. Après tant d'années. Ecoutez-moi, vous deux: je n'ai pas seulement trouvé sa question mais aussi la réponse. Elle est trop simple. Peut-être que c'était ça la raison pour laquelle nous ne l'avons pas trouvée avant:

Tu t'es laissé faire parce que tu ne pouvais pas te défendre. Parce que tu n'as pas appris à te défendre. Pas contre l'attaque d'un monstre. Pas contre l'attaque de ton père ...

*

Le gardien ferme la porte blindée à double tour et essaie de me remonter le moral.

- Vous savez, Monsieur Weiss, ça fait longtemps que je n'ai pas entendu votre mère parler autant et surtout autant de phrases cohérentes.

Je n'arrive pas à trouver une bonne réplique, comme toujours. On se donne la main, mais il hésite pour partir.

- Qu'est-ce qu'elle voulait dire par ... on va sauver une vie?

*

Lors de ma prochaine visite, seulement un mois après ... elle ne se souvenait plus de rien. Mais je suis toujours là. Et je vais revenir.

Amnésie ou Alzheimer?

Elle est fascinée par cette question. Pourquoi... elle se le demande. Peut-être parce que les deux mots commencent avec la même lettre ?

A... comme : Adieu !

A ... comme : à plus tard !

A ... comme: Autrefois !

A ... comme: Accident !

Mais je suis si jeune. Alors, ça ne peut pas être une démence. Que s'est-il passé ? Pourquoi me regarde-t-il comme ça ? Est-ce que je devrais le connaître ?

- Marie, c'est moi, Jean-Luc. On a eu un accident de voiture. Tu ne te souviens pas, mon amour ?

Elle ne répond pas. Elle le regarde sans émotion. Il pose doucement sa main sur la sienne, mais elle la retire tout de suite. Comme toujours.

- Un accident ?

Sa tête dit oui, ses yeux brillent. Elle commence à comprendre.

- Où ça ?

- Au bord de l'Alzette ...

Elle ne comprend plus. La lumière de la reconnaissance s'éteint aussi vite qu'elle n'était apparue. Mais elle reste vigilante:

- L'Alzette ? Je ne connais pas ...

- Mais si, mon ange. C'est au Luxembourg. Nous avons passé nos vacances au bord du fleuve, à Esch. Ehm, on voulait ... aller à la pêche ... souviens-toi !

Jean-Luc commence à transpirer. Il est nerveux, se racle la gorge et dit :

- Bon, à vrai dire, c'est moi qui voulais absolument aller à la pêche. Toi, tu voulais aller à Remich. Faire des courses.

Maintenant, c'est à lui d'observer les réactions de Marie. Mais elle n'est pas prête à partager quoi que se soit avec lui. Même pas ses émotions. Elle demande :

- Quand ça ?

Il ne répond pas toute de suite. Mais aujourd'hui, Marie est impatiente. Elle insiste :

- Quand cela s'est-il passé? Ces vacances? Cet accident ?

Il la regarde. Il aimerait tellement la toucher ... Il dit :

- Il y a huit ans ...

Il commence à pleurer, et elle... elle éclate de rire :

- Bien sûr ...

A ... comme Alzette;

A ... comme Alzheimer;

A ... comme Amnésie.

Maintenant je comprends tout.

Schön, dass es dich gibt , oder- Pusteblume

Eigentlich geht es Kate und John gut. Sehr gut sogar. Wenn da nicht das EIGENTLICH wäre. Und das lachen die beiden meistens einfach weg.

«Hast du gesehen, John. Ich habe das Problem einfach angepustet und da fliegt es weg. Lass uns ihm zum Abschied nochmal nachwinken, wie einem guten alten Freund.»

John lässt langsam seine Lieblingszeitung, das *Luxemburger Wort*, auf die Knie sinken und schaut verträumt in ihre Richtung, als müsse er suchen, woher die Worte kommen. Dann lächelt er.

«Wunderbar ... einfach wunderbar. Wie hast du das geschafft?»

Kate und John leben seit über 30 Jahren im Großherzogtum. Nach ihrer Pensionierung wollten sie nicht mehr nach England zurück. Beide waren Beamte bei den Europäischen Institutionen, sie beim Rechnungshof und er bei der Bank. In Sachen Zahlen konnte niemand ihnen was vormachen. Heute gehen zwei plus zwei nur noch mit Mühe und auch nicht jeden Tag. Nicht schlimm!

«Ich weiß es nicht mehr. Aber es hat funktioniert. Soll ich es dir zeigen?»

«Ja, gerne ... aber das Problem ist ja weg. Warten wir nicht besser, bis ein neues kommt?»

Kate überlegt kurz. Dann nickt sie versonnen und meint:

«Dann müssen wir uns etwas gedulden ... ich sehe momentan keins. Soll ich uns derweil einen frischen Tee aufbrühen, oder willst du lieber einen Portwein, Schatz?»

«Portwein wäre schön, aber ist es dafür nicht zu früh?»

«Die Uhr ist stehn geblieben. Ist das schon ein Problem, oder sollen wir auf ein größeres warten, damit ich dir das mit der *Pusteblume* vormachen kann…?»

John zögert. Er weiß, dass Kate sehr erfinderisch darin geworden ist, Probleme wegzulachen. War es gestern, oder vorgestern oder vor einer Woche, als er das Getöse aus dem Schlafzimmer gehört hatte? Irgendwas war zu Bruch gegangen. Etwas Schweres. Noch bevor er aus dem Sessel rauskam, war das laute Stöhnen in schallendes Lachen über-gegangen. Und als er in der Tür stand, sah er seine Kate auf allen Vieren und dicke zerbrochene Scherben auf dem Boden. Obwohl ihr Tränen über die Backen liefen, strahlte sie ihn an: Nicht schlimm. Ich wollte sie abstau-ben. Wer hebt auch schon die Urnen seiner Liebsten zu Hause auf? Kannst du mir die große Deckelvase bringen? Ich habe die Asche von den Hunden und die von Pa und Ma zusammengefegt. Ist doch alles *Pusteblume*, oder? Lass uns einen Port trinken. Das hilft immer.

Was meint sie bloß mit Pusteblume?

John liebt Rätsel und liebt Kate. Kate liebt John und hasst Rätsel.

Überlegt er, oder will er nicht? Weder die Geschichte mit der Pusteblume noch den Port, fragt sich Kate und mustert ihn neugierig.

Wie lange, weiß keiner von beiden.

Irgendwann verjüngt sich ihr sonnengebräuntes, von zahllosen Falten und Fältchen durchzogenes Gesicht wie von Zauberhand und sie lässt sich mit einem kleinen Plumps neben seinen Sessel auf den Boden fallen. Eigentlich eine Anstrengung, aber die lässt sie sich nicht anmerken. Sie hat ein Ziel. Ganz vorsichtig tastet sie mit ihren langen Fingern über seine Hand, als suche sie eine ganz bestimmte Stelle.

Wie lange, weiß keiner von beiden.

Zeit spielt schon lange keine Rolle mehr. Mit einem genüsslichen Seufzer kuschelt Kate langsam ihren grauen Wuschelkopf in Johns großen Handteller.

John atmet einmal tief durch, lässt seine Rechte auf ihr Gesicht nieder und sagt.

«Portwein wäre schön und kuscheln auch, oder ist es zu früh, ins Bett zu gehen?»

Sie lachen beide. Unbeschwert und von Herzen. Schade, dass es in diesem Moment an der Tür klingelt.

«Sollen wir uns verstecken, wie beim letzten Mal? Es ist wieder der junge Mann vom Amt. Der kommt eigentlich nur, wenn es Probleme gibt. Wir könnten natürlich das mit der Pusteblume ausprobieren und gehen danach ins Bett ...»

Kate stupst John mit einem verschmitzten Augenzwinkern ihren Zeigefinger zwischen die Rippen:

«Komm schon, John, ... sei kein Spielverderber.»

Nach dem zweiten Glas Portwein taut sogar ein Beamter des Sozialamtes auf. Vor allem, wenn er noch nichts gefrühstückt hat.

«Sie meinen also, dass ich einen neuen Führerschein brauche. So, so!»

Kate pustet über einen imaginären Blütenstängel Richtung John.

«Ist denn der alte abgelaufen, so wie bei John?»

John verschluckt sich am letzten Tropfen, ringt nach Luft, und nur Kate weiß, dass er sich das Lachen verkneifen muss.

«Das sind die neuen Regeln, wie in der Schweiz. Ab einem bestimmten Alter wird auch in Luxemburg die Fahrtüchtigkeit überprüft. Äh, wie soll ich sagen. Ihr Mann darf keine Prüfung mehr ... äh, wegen dem Alkohol.

Da hatten wir ja letztes Mal drüber gesprochen. Was machen Sie denn da mit dem Hund? Geben Sie ihm etwa Portwein zu trinken?»

John und Kate schauen begeistert ihrem alten, sabbernden Retriever zu, der die kleine rote Pfütze auf dem Kachelboden gewissenhaft und routiniert aufschleckt.

«Das ist gut für seine Gesundheit, und Autofahren brauch er ja nicht. Was mich daran erinnert: Sind Sie heute eigentlich mit dem Rad oder zu Fuß unterwegs, Monsieur ...? »

«Didier, Sie können mich gerne Didier nennen ...»

«Dann trinken wir doch noch einen. Sie können auch gerne zum Essen bleiben. Oder was meinst du, Kate? «

«Klar, kein Problem. Da fällt mir ein, John: *Pusteblume* ... ich hatte sie wohl vergessen. Die Schnecken müssten jetzt soweit sein.

Wissen Sie, Didier, ich mache mir immer viel Arbeit damit. Reinige die Dinger mit Essig und Salz, bevor ...»

Dieses Mal ist es Didier, der Kate ins Wort fällt. Siedendheiß fällt ihm ein, was er bei seinem letzten Besuch hier entdeckt hatte. Dieser Eimer voller Nackt-, Weinberg- und Kegelschnecken, kunterbunt zusammen. Er springt auf, blickt auf seine Armbanduhr und sagt im Rausgehen:

«Mein Gott, schon so spät. Nein, Mittagessen geht gar nicht. Wir sind ja auch soweit durch. Ich bin froh zu sehen, dass bei Ihnen alles gut läuft. Wir organisieren dann den Termin zur Fahrprüfung. Und denken Sie an die neue Brille. Alles Gute bis nächsten Monat dann ...»

Hätte er sich noch ein wenig mehr Zeit gelassen, *hätte* er ihr Lachen gehört. *Hätte* er gefragt, was Kate meint, wenn sie *Pusteblume* sagt, *hätte* er eine der größten Lebensweisheiten dieser Welt erfahren können.

So muss er weiterleben mit der Angst vor giftigen Kugelschnecken und vielem anderen mehr.

Susanne, Robin und Rolf, oder-
Entscheidungen

„Aber ich sag Dir doch, Liebes, ich hänge noch
hier in Luxemburg fest ..."

Irgendwie klang das für sie falsch. "Liebes" -
das sagte er sonst nicht, und das Muhen im
Hintergrund klang auch nicht nach dem
Kirchberg. Er wollte unbedingt, dass sie in
ihrem Ferienhaus in Clervaux bliebe, denn da
käme gleich ein Freund, um etwas vorbei-
zubringen. Ganz wichtig. Aber warum sagte er
noch zum Schluss:

„Übrigens: vielen Dank für Alles."?

Und, wie immer, gab sie klein bei. Wie gerne
hätte sie noch die Pläne für den Stall von Robin
angeschaut und die Stelle festgelegt, wo er hin
sollte. Sie hatte lange darauf gewartet, dass
Rolf ihr widerwillig zugestand, die leeren
Äcker aufzukaufen, für sie und ihre täglichen
Ausritte mit Robin. Dabei war ALLES das Geld

aus ihrem Vermögen, denn er hatte keinen roten Heller in die Ehe gebracht. Gestern erst hatte sie die 250. 000 aus der Stadt geholt, denn der Deal sollte in bar laufen – hatte Rolf gesagt. Die Scheine lagen schon bereit unter einem Sofakissen, und morgen sollte es soweit sein.

Da kam dieser Typ doch äußerst ungelegen. Ein Freund? Einer aus Rolfs sehr bewegtem Vorleben? Und was sollte der mitbringen? Sie wurde immer wieder überrascht von neuen Geschichten aus Rolfs Vergangenheit: Unternehmer, Bauarbeiter, Finanzgenie, Millionen verdient, aber mehrere Pleiten und angeblich keine Schulden. Da brauchte es schon sehr viel Liebe und Vertrauen, um da nicht verrückt zu werden – und beides hatte sie immer gehabt.

Vor der Tür stand ein wahrer Riese, tätowiert, in schwarzer Lederjacke und dem passenden Gesicht. Er musterte sie ungeniert und ging an ihr vorbei ins Haus. Auch dort setzte er seine Inspektion fort, ohne sie weiter zu beachten.

„Also, wo ist das Päckchen?"

„Welches Päckchen?"

„Na, das Geld, das er mir schuldet."

Ihr Kopf arbeitete fieberhaft: Also, von wegen, etwas vorbeibringen! Und woher wusste der Kerl von dem Geld? Inzwischen hatte er sich auf das Sofa gesetzt, direkt neben das Kissen mit dem dicken Bündel Geldscheinen. Wenn der wüsste!

Dieser Gedanke gab ihr Mut und einen gewissen Sinn für Überlegenheit. Sie war ja schließlich kein heuriges Häschen mehr und hatte auch schon einige Krisen in ihrem Leben überstanden. Also, ran an diese.

„Wollen Sie nicht erst etwas trinken und mir erklären, wovon hier überhaupt die Rede ist? Welches Geld? Welche Schulden? Und wo ist Rolf?"

Er grinste:

„Das brauchst Du doch alles nicht mehr zu wissen, Schnuckelchen. Mach es uns doch nicht so schwer. Gib mir einfach die Knete, wir trinken was und machen es uns gemütlich ... ".

Aha, so sollte das also laufen, mit ihr als Zugabe. Rolf hatte sie reingelegt und den Lederkerl auf sie angesetzt, das wurde ihr schlagartig klar. All diese Versprechungen, all diese Träume für eine gemeinsame Zukunft: Puff, weg. Warum war sie nur noch wütend, und gar nicht am Boden zerstört? Vielleicht, weil sie so etwas immer geahnt hatte? Der Mann war einfach zu viel gewesen, zu viel von allem - und von ihr war immer zu wenig.

„Also, das mit dem sich gemütlich machen muss noch warten. Erst musst Du mir helfen, an das Geld ranzukommen. Kleinigkeit für einen starken Burschen wie Dich, ne?"

Sein Grinsen wurde immer dreckiger. „Na klar doch. Was ist Dein Problem?"

Als sie für sich und Rolf das Haus gekauft hatte, bestand er darauf, einige Umbauten durchzuführen. Er war schließlich vom Fach (auch von diesem) und würde das meiste selber machen: Einen neuen Kaminofen, ein Jacuzzi auf der Terrasse, und eine Außentreppe vom Keller in den ersten Stock. Diese Treppe war noch im Bau, zu erreichen durch einen neuen Zugang im oberen Gästezimmer. Genau genommen, goss Rolf gerade das Fundament für die Treppe, zu mehr war er noch nicht gekommen. Aber die Tür im ersten Stock stand schon in ihrer Füllung, und da führte sie ihren ungebetenen Besucher jetzt hoch.

"Schau mal, der Rolf hat seinen Safe hinter dieser Tür, aber sie ist doppelt verriegelt, und ich hab keine Schlüssel. Meinst Du, Du kannst?"

Mehr brauchte sie nicht zu sagen. Er nahm Anlauf und knallte mit seinem ganzen Gewicht in die Tür hinein. Die war keinesfalls verriegelt gewesen, da hatte sie wohl ein wenig geschwindelt, und die Lederjacke segelte mit einem kurzen Schrei direkt in den Keller, in den frischen Beton des Fundaments. Die Tür drehte sich einmal um sich selbst, fiel hinterher und traf den Unglücklichen direkt im Genick.

Sie wartete einige Zeit, ob er sich noch bewegte, aber sein Schwung und die Tür waren doch etwas zu heftig gewesen.

*

Als Rolf kurz darauf nach Hause kam, seine Luxemburger Geschäfte hatten offensichtlich doch nicht so lange gedauert, ließ sie ihm keine Zeit für irgendwelche Erklärungen:

„Du musst sofort in den Keller und das Fundament für die Treppe fertig gießen, und zwar etwas höher als geplant. Genug Beton hast du ja, und das Warum kannst Du Dir gleich selber zusammenreimen."

Er sah und verstand; versuchte nicht einmal mehr, etwas zu sagen, zog seine Jacke aus und machte sich ans Betonmischen. Sie schaute ihm lange zu – ein richtiger Profi, schade eigentlich – und dann machte sie den Anruf.

Zwei Stunden später war Rolf fertig. Das Fundament war gegossen, und der Besucher samt Lederjacke, aber ohne das Geld, lag drin. Das erklärte sie dann auch den beiden Polizistinnen, die sie angerufen hatte:

Wie sie nach Hause gekommen sei, die zwei Männer sich im ersten Stock um Geld geprügelt hätten und wie ihr Freund dann den Leichnam beseitigen wollte.

Da gab es auch keine Nachfragen mehr, und Rolf sagte gar nichts. Hätte er denn die Wahrheit, seine Wahrheit, gestehen sollen? Dass sein fieser Plan gründlich in die Hose gegangen war?

Die größere der Polizistinnen, eine schlanke Brünette mit Bernsteinaugen, kam noch einmal zu Susanne und gab ihr eine Karte:

"Hier meine private Telephonnummer. Ich bin Claire. Ohne Männer ist es doch manchmal viel besser."

Die Entscheidung zwischen Rolf und Robin war gefallen. Wie heißt das luxemburgische Sprichwort so schön:

„Mieux un bon cheval dans l'écurie
qu'un méchant loup dans votre lit."

Und morgen abend würde sie Claire anrufen.

L´anniversaire de la Libération, ou-
Le Général

Mon épouse me donne une petite bourrade sous la table:

"Attention, maintenant vient l'histoire du général allemand."

En effet. Notre hôte plisse le nez, s'éclaircit la voix et a soudainement ce petit sourire savant et malicieux que nous aimons tellement chez lui. Ce n'est pas facile de sourire comme ça lorsqu'on a 85 ans, mais lui, il y arrive toujours.

Seulement, l'histoire sera un peu différente que d'habitude. Elle commence normalement:

"Savez-vous que, il y a 80 ans, le général allemand, votre compatriote, avait été interrogé ici, à cette table, par la Résistance? Il voulait diriger la retraite des troupes allemandes de la Lorraine vers l'Alsace, mais avait été coupé et devait se cacher dans une écurie à Rémilly, jusqu'à ce que les combattants de la Résistance l'ont repéré. Ils l'ont escorté ici, dans la maison de mes parents. J'avais cinq ans, et quand les résistants l'amenaient, ils m'ont tout de suite fait sortir pour *jouer dehors*. Mais ... " - et là, il sourit encore plus malicieusement – " j'ai quand-même vu des choses...".

Jusqu'ici, nous connaissons l'histoire. Mais voici la surprise:

"Bon, dit Marc-Antoine, depuis on raconte que le général a été escorté à Metz et interrogé encore une fois. Ensuite, il a été exécuté par une salve de mitrailleuse dans le dos. On disait" - et là, il pouffe un peu - "qu'il voulait s'enfuir. C'est-ce qu'ils disent."

Il bouge dans sa chaise, met ses lunettes, jette sa serviette sur le plateau de fromage, prend une bonne gorgée du Pinot noir et devient tout d'un coup très sérieux. Même sa femme, qui l'avait écouté avec sa bienveillance habituelle, dépose son couvert et le regarde avec un air soucieux. Mais Marc-Antoine est maintenant dans son monde à lui, et rien ne l'arrêtera.

"Aujourd'hui, mes chers amis allemands, je veux vous montrer quelque chose comme signe de notre amitié et pour fêter le 80ième anniversaire de la Libération."

Il se lève et nous fait signe de le suivre dans le corridor qui mène à l'escalier de la cave. Là, il "pêche" dans un coin crasseux une clé rouillée, la nettoie un peu et descend les marches avec beaucoup d'effort et de précaution jusqu'à une lourde porte marron foncé.

Il introduit la clé difficilement et, après un moment, arrive à la tourner deux fois dans la serrure. Nous devons l'assister pour forcer la porte, mais maintenant, il nous pousse de côté et s'avance très vite, surtout pour un homme de son âge.

Il pointe dans un coin et dit:

"Voilà, mes amis, ça fait longtemps que je voulais partager ceci avec vous."

Dans la pénombre, nous voyons dans un coin un vieux fauteuil massif, avec un squelette assis. Les restes d'une uniforme pendent toujours sur ses os, et une casquette d'officier pose sur ses genoux. Nous ne connaissons rien des insignes militaires, mais nous nous rendons immédiatement compte que ceci doit être l'uniforme du général allemand, avec lui dedans – ou plutôt ce qui reste de lui après tant d'années. On dirait presque qu'il y est assis assez confortablement, les jambes croisées et la tête légèrement posée contre le dossier, avec ce mauvais sourire propre à tous les squelettes. Finie l'histoire sur Metz: La vérité se trouve ici, dans cette cave obscure.

Ma femme et moi nous regardons. Quoi dire maintenant? Que faire? Seulement Marc-Antoine sautille joyeusement ici et là comme une toupie, nous montre du doigt les insignes militaires du général et sa ceinture et n'arrête pas de babiller et d'essayer de nous donner encore plus d'explications – dont nous ne comprenons que dalle. Soudainement, alors que nous sommes toujours sous le choc et figés sur place, il se retourne en riant, court vers la porte et la ferme à clé derrière lui, nous laissant seuls avec le général.

Nous l'entendons encore crier longtemps dans l'escalier:

"Maman, Maman, j'ai encore capturé deux allemands!"

Puis, il est parti, probablement pour *jouer dehors*.

Laura, ou -

Un cas de suicide très assisté

"Alors, Messieurs, je me trouve devant vous pour vous permettre de juger si je devais être rayé de l'ordre des psychiatres ou non. Laissez-moi vous dire, avec tout le respect que je dois à un comité si illustre, que cela m'est égal. Là où j'irais on s'occupe peu de ces choses fines et morales.

J'ai quand-même décidé d'au moins essayer de vous expliquer pourquoi j'ai fait ce que vous me reprochez – et vous allez comprendre mes raisons, même si vous ne pouvez peut-être pas me pardonner.

Voilà : Dans ma clientèle, j'avais un cas assez spécial. Un expert de l'Assurance Koulanz qui était chargé d'aller sur place après chaque sinistre pour évaluer les dégâts – et les responsabilités. Et il s'acharnait surtout sur ce deuxième aspect: Qui était responsable ? Qui pourrait-on encore trouver pour payer sauf la

Koulanz ? Car il était profondément convaincu que le monde est plein d'incompétents, voire de tricheurs, et qu'il fallait simplement trouver les preuves que c'était eux qui devraient porter le chapeau.

Sa blague préférée était : "Alors, Monsieur Noë, voyons d'abord s'il s'agit d'un cas d'inondation selon les termes de nos conditions générales !"

Cela vous fait rigoler ? Plus lorsque vous l'aurez entendu à presque chaque session, comme moi. Et il en était fier : Dans l'assurance, il tenait le record du nombre de refus d'indemnisations, 38 % selon lui. Ce qui lui attira la haine d'une partie de la clientèle et une promotion par son employeur.

Mais surtout, son "succès" renforçait de plus en plus sa conviction que le monde est mauvais et qu'il était le seul à le reconnaître. Je l'observais glisser lentement mais inévitablement dans une dépression profonde contre laquelle toutes mes capacités considérables de psychiatre s'avéraient impuissantes. Il refusa même les médicaments que je lui avais proposés : "Je veux voir le monde comme il est, Doc (il m'appelait toujours comme ça, un brin d'humour quand-même), et non pas par une voile rose et fausse."

Je vous demande, mes confrères : Y-a-t-il plus compliqué que des dépressifs intelligents, persuadés qu'ils ont raison et tous les autres tort? Qui savent lire vos pensées et vos savantes formules et s'en moquent d'emblée ?

Un jour, il me parle de sa femme : De sa beauté, sa bonté et sa bienveillance envers lui. Il l'aime, mais, fidèle à sa nature, il s'en méfie : Peut-elle vraiment être si bonne lorsque tout le monde ne l'est pas ? Et si oui, comment peut-on supporter une telle femme parfaite alors qu'on est soi-même méchant, suspicieux et détesté par tous ? Albert Camus, n'avait-il pas raconté une histoire pareille dans un de ses livres ?

Alors, il me confie un jour qu'il a commencé à fantasmer de la tuer : De cette façon, il pourrait résoudre son dilemme et prouver que tous, vraiment tous peuvent être mauvais et potentiellement capables de n'importe quoi. Il avait déjà tout prévu, tout planifié, ce serait seulement une question de quelques jours.

Pour illustrer de quoi il parle, il me montre la photo de sa femme sur son portable. "Qu'est-ce qu'il y a, Doc ? Vous êtes soudainement blanc comme le mur ? Et les sueurs ? "

J'ai du mal à me débarrasser de lui et je dois m'asseoir longuement dans mon fauteuil pour me calmer un peu. Ma tête tourne et je veux vomir. Laura, ma Laura, l'amour de ma vie ! Laura, qui m'avait quitté après une dernière nuit de passion en laissant un mot qu'elle allait se marier le lendemain et qu'elle me remercia pour cette dernière évasion.

Je ne l'ai jamais oubliée, et c'est elle, la raison pour laquelle je ne m'intéressais plus à d'autres femmes. Et maintenant, je l'ai revue, belle comme dans mes souvenirs, avec ce sourire ... Je vous demande, Messieurs, qu'est-ce que vous auriez fait ?

Quoi? Avertir la police ? Et la Dé-on-to-lo-gie? Elle me l'aurait interdit, et en tout cas, si nous, on les appelait à cause de chaque fantasme qu'on nous sert ?

Non, pour moi, c'était clair : Il fallait sauver Laura de ce monstre. Et j'avais les capacités pour le faire. Je demandai à ce Monsieur de venir me voir tous les jours pour le convaincre de laisser tomber ces plans. Mais, en réalité, j'employai toutes mes capacités pour l'enfoncer sournoisement encore plus dans sa dépression et de le persuader qu'il y avait une autre solution pour lui : De se suicider, de laisser vivre Laura et montrer à tout le monde combien lui, il nous détestait. Ce serait le dernier acte suprême de courage et de défiance qui serait beaucoup plus digne de lui qu'encore un féminicide banal.

Après une semaine de travail, dans laquelle je ne voyais aucun autre client, je trouvai dans le Luxemburger Wort l'article que j'avais tant souhaité de voir venir : "Encore une victime du Pont Charlotte. Un ingénieur s'est jeté hier soir du pont, y faisant le troisième mort cette année. Quand vont les autorités Luxembourgeoises enfin sécuriser cet endroit dangereux ? "

Je vous avoue mon soulagement, oui, ma joie – même si c'est nuisible à mon cas. Un misanthrope dangereux en moins, et surtout : Laura sauvée ! Et après, peut-être ...

Je vous ai dit au début que votre jugement me sera égal. Car j'ai décidé de prendre l'avion cet après-midi pour le Caire et de rejoindre une ONG qui travaille à Gaza pour soulager les victimes traumatisées par cette guerre terrible. Peut-être que ça existe, le pardon; peut-être, on peut se racheter un peu. Qui sait, sauf les prêtres ?

Ah oui, Laura: Hier, j'ai reçu une lettre de sa part, et je vous la lis, afin que vous puissiez encore mieux comprendre ma décision :

"Mon mari m'a laissé les notes de vos entretiens. J'y vois sans aucun doute quel rôle méchant tu as joué dans sa mort. Tu es détestable. Si tu oses t'approcher de moi, je te tuerai. L."

Les stagiaires, ou -
Une étrange confession

"Mon Père, vous ne m'avez certainement pas encore vue dans votre église; mais aujourd'hui, je suis venue pour confesser, si vous avez 15 minutes pour moi. Oui ?

Alors, je veux confesser un meurtre que j'ai commis il y a exactement 20 ans. Je me dis qu'il s'agit d'une période adéquate pour s'octroyer enfin le bénéfice de la prescription – ce que je ferai dès que nous deux en aurons fini.

Je n'étais pas toujours à Galway; après mes études, j'ai eu la grande chance de décrocher un stage dans l'administration du Parlement européen au Luxembourg. Je ne puis vous dire combien cela m'enchantait: Une fille de la province irlandaise qui n'avait jamais été plus loin que Dublin, projetée dans un milieu si international, si varié et excitant !

Dans mon nouveau service, je faisais partie d'un groupe de 3 stagiaires : Moi, Jo, pour Giovanna, et Katharina que tout le monde appelait Kathy. Jo était de loin la plus mondaine et expérimentée de nous : Fille d'un riche viticulteur en Toscane, parfaite en français, belle et charmante, elle avait un oncle au Luxembourg qui travaillait pour la Banque Mondiale; et parce qu'il était en mission en Afrique pour 6 mois, Jo pouvait vivre dans son splendide pent-house avec vue sur la ville. En fait, comme nous l'apprenions plus tard, elle avait déjà commencé son stage quelques semaines avant nous, avec certaines conséquences.

Kathy et moi, nous trouvions un logement ensemble dans la porcherie d'une ferme près du Kirchberg que le paysan, comme beaucoup d'autres, avait transformée en une sorte d'appartement, simple mais cher. Kathy était, à mon avis, la plus intelligente et la plus belle de nous trois, même si elle ne voulait pas le savoir; et quand on lui le disait, elle refusa de le croire. Grande, élancée, des grands yeux ambres, cheveux châtains et toujours curieuse de savoir, d'apprendre. Un véritable rayon de soleil, malgré un passé très compliqué.

Quant à moi, apparence pas mal non plus si vous aimez le type irlandais, avec des cheveux noirs, les yeux bleus brillant et un corps où toutes les poignées d'amour étaient bien développées et à leur place.

Je vous raconte cela, mon Père, pas par vanité mais parce que c'est important pour la suite de ma confession. En effet, les stagiaires étaient à l'époque choisis via une curieuse procédure: Les candidatures étaient examinées par un service du PE, et les plus intéressantes (ou pistonnées) étaient photocopiées et regroupées dans le "Livre bleu" qui faisait le tour des différents services pour en choisir une, deux ou trois, selon l'importance du travail et de l'unité administrative.

Dans chacune d'elles, un fonctionnaire était en charge d'effectuer ce choix et de s'occuper ensuite de la formation de "ses" stagiaires, le

Conseiller de stage. Chez nous, c'était Wilhelmus, un bel homme d'une quarantaine d'années; il avait l'habitude de regarder surtout les photos attachées aux formulaires et de choisir les plus belles filles. C'était un fait bien connu partout, mais nous devions encore l'apprendre à nos dépens.

En fait, Jo l'avait déjà appris pendant les trois semaines avant notre arrivée. Wilhelmus n'avait pas tardé à lui faire des avances, et il l'avait même amenée à une mission de trois jours à Strasbourg, frais d'hôtel inclus. Maintenant, elle était très contente d'avoir enfin des copines auxquelles elle pouvait se confier, et nous devenions très vite inséparables.

Je vous ne parle pas du travail, mon Père. Vous risquez de ne pas comprendre, mais sachez qu'il nous convenait. Les soirs et les week-ends, on faisait la fête, et une fois, nous visitions même le père de Jo pour un long week-end, un vigneron riche et heureux qui produisait avec amour et enthousiasme le plus mauvais vin de la Toscane.

Pas de paradis sans serpent, n'est-ce pas ? Dans notre cas, c'était Wilhelmus. Un jour, il essaya de me coincer contre la photocopieuse pour se forcer sur moi, et seulement l'intervention d'une secrétaire me sauva. Depuis, je n'osais plus être seule avec lui, ni dans son bureau, ni après des réunions ou des réceptions, et je devais toujours être alerte.

Pas surprenant que Kathy avait une expérience similaire, cette fois-ci dans sa voiture sur le chemin de retour d'une réunion en ville. Elle aussi, elle pouvait éviter le pire; mais son sourire radieux avait soudainement disparu. Le soir même, quand elle se confia en larmes à Jo et moi, nous étions sûres : Cela ne pouvait durer.

Bien sûr, vous dites, on aurait pu terminer le stage et rentrer chez nous. Mais d'abord, on était trop contentes du travail et surtout de notre vie à Luxembourg; en ensuite, nous ne voulions pas laisser Wilhelmus continuer comme ça; ni avec nous ni avec nos successeuses. Jo avait encore une raison plus personnelle : Comme vous pouvez deviner, mon Père, elle avait très vite commencé une affaire avec lui, lors de leur mission à Strasbourg. Et déjà là, il lui avait intimé qu'il envisagea de quitter sa femme et de commencer une nouvelle vie avec Jo. Elle était sous son charme, sous son emprise, et elle avait été prête à accepter. Mais dès qu'elle avait réagi positivement, il recula, il retira sa proposition et redirigea son intérêt vers d'autres, en l'occurrence Kathy et moi.

Certainement refroidi et déçu de notre résistance, il nous convoqua: la qualité de notre travail laissait à désirer, nous n'avions pas encore appris d'obéir un supérieur hiérarchique, et il ne nous avait pas choisies pour faire la fête. Dans ces circonstances, il devait nous prévenir qu'un prolongement éventuel de notre stage serait hors de question, et son rapport de stage sur nous risquait de devenir assez négatif et mettre en péril nos carrières futures, surtout dans les instances européennes.

Sauf, oui, sauf si nous pourrions encore lui donner les preuves que nous avions bien compris sa leçon et lui offrir la possibilité de nous connaître personnellement un peu plus.

Même pour une fille simple et catholique qui avait été éduquée par les Bonnes Soeurs de Galway, le message était clair. Et notre décision aussi: Fallait agir maintenant et de façon décisive. Dans un coin de la cafétéria Nous développions un plan que Jo était en charge d'exécuter.

Elle se rendit au bureau de Wilhelmus et l'assura que nous avions compris et étions prêtes à changer   notre attitude envers lui. Pour ça, il serait invité chez Jo à une soirée à 4, avec snacks, Gin and Tonics (sa boisson préférée) et, surtout, pour faire plus ample connaissance.

Evidemment, il accepta, et il se présenta au pent-house de Jo le soir même. Nous étions toutes sur nos trente-et-uns et essayions d'être aussi charmantes et gentilles envers lui que possible. Il en était ravi et avala un gin and tonic après l'autre. Sous l'emprise de l'alcool, il commença à nous raconter la misère de sa vie familiale : Une femme snob, froide et frigide qui ne le comprenait pas du tout, et deux fils bons à rien, gâtés et paresseux qui ne l'aimaient guère non plus.

C'était trop pour Jo : "Viens, dit-elle, je vais te conforter un peu, mon pauvre. Un bon G and T et quelques câlins te feront du bien. Et après, on se retrouvera ici à quatre, n'est-ce pas ?" Avec quoi elle le prenait à la main et le conduit dans sa chambre. A la porte, elle se retourna vers Kathy avec un clin d'oeil : "Tu nous apportes encore un BON gin tonic ?"

Cela faisait partie de notre plan : Kathy prépara un grand verre avec beaucoup de gin, un peu de tonic, une bonne dose du somnifère qu'elle devait prendre depuis son "aventure" avec Wilhelmus et une larme de jus de citron pour camoufler le goût. Elle l'apporta avec beaucoup de précaution dans la chambre, d'où elle revint avec son grand sourire. "Ils y vont à fond – Jo fait du bon travail."

Nous deux étions assises sur le canapé, ne sachant trop quoi faire. Pour nous consoler, nous nous serrions l'une contre l'autre – et nous attendions. Après tout, nous étions en train de commettre un acte grave et irréversible, même s'il y avait de bonnes raisons pour. Nous avions commencé à nous embrasser lorsque la porte s'ouvrit et Jo apparaissait, toute joyeuse.

"Voilà, il dort comme un bébé. Je lui ai fait un bel adieu, et maintenant à vous, les filles, de cesser vos bêtises et de se bouger. Faudra poser le transat sur la terrasse, habiller notre invité dans un de mes peignoirs et, le plus dur, le porter dehors. Ensuite, lui donner un verre propre dans la main, et *Requiescat In Pace*. Mais grouillez-vous, il fait un froid de canard dehors, et nous ne voulons pas nous enrhumer, non ?"

Je devais admirer son sang-froid. Elle venait encore de coucher avec lui, et maintenant, elle prépara son départ. Mais peut-être que c'était également un signe combien son refus de l'épouser l'avait blessée ? On ne dit pas non à une riche et belle fille de la Toscane comme ça !

Non, mon Père, je n'ai pas parlé de vous; c'était plutôt une vérité générale.

Tout allait parfaitement bien. Wilhelmus était lourd, mais à trois, on y arriva. Il n'avait pas bougé, et son sourire content prouvait que Jo avait bien travaillé. Kathy et moi aidaient encore Jo à nettoyer les traces et partions ensuite, ni vues ni connues. Et Jo ... allait se coucher tranquillement. Quelle femme !

Vous voulez entendre la fin de l'histoire, mon Père ? Pas trop choqué ? Bon, il n'y en avait pas vraiment. Le lendemain, Jo appelait la police qui conclut qu'il s'agissait d'un bête accident: Le Monsieur avait couché avec sa petite amie, il avait trop bu, et, en voulant prendre un peu d'air sur la terrasse, il y était gelé. Faut aussi dire que la police luxembourgeoise n'aimait pas trop s'occuper des cas du milieu européen, voire international : Trop de gens différents, trop de langues et souvent des implications politiques ou économiques indésirables.

Voilà, j'ai vidé mon sac, pardon, j'ai terminé ma confession. A vous, mon Père. Je vous écoute.

Quoi? 20 Notre Père pendant 20 jours et quelques câlins pour vous? Mon histoire vous a excité à tel point? Alors là, ne comptez surtout pas sur moi. Vous connaissez certainement des prières qui pourront calmer votre esprit, non ? Et quid d'une retraite dans un monastère ? Réfléchissez.

Moi, je vous dis adieu ou peut-être au revoir. Merci de m'avoir encore à la fin donné la confirmation que nous avons bien fait, il y a 20 ans. Tenez-vous bien sur le bon chemin et restez immaculé car les prêtres, eux aussi, peuvent prendre froid ... très froid."

Six- Word- Story

Eine grenzüberschreitende Erfolgs-Story ?
Oder einfach nur Mentalitätssache ?

Mir wëlle bleiwe wat mir sinn

La lune noire, ou -

Mauvais compte

- Bon, cher monsieur, je crois qu'on a fait le tour ? Vous avez vu aussi le garage et le jardin ? Et nous n'avons pas oublié la belle cave, non ? Alors, prenez place sur le canapé ou sur cette chaise. C'est le seul mobilier qui se trouve encore dans la maison. Désolée, j'ai vendu le reste.

Plutôt la chaise ? Pas avec moi sur le canapé ? Vous avez raison – on parle mieux business comme ça.

Donc, après la visite, qu'est-ce que vous en dites ? La maison vous plaît ? C'est vrai, elle est un peu vieillotte, mais pour notre âge, si je peux me permettre, très cosy et confortable – et pas chère du tout.

Quoi, le prix ne vous dérange pas ? Vous venez de vendre votre commerce à Luxembourg et vous avez décidé de vous retirer et trouver votre paix dans ce bled de la campagne luxembourgeoise ? Vous commencez à m'intéresser....

Peut-être, pour vos réflexions, je peux vous en raconter un peu plus sur la maison ? Vous avez vu sur la boîte aux lettres   un autre nom que le mien, n'est-ce pas ? Ah oui, j'ai déjà remarqué que vous êtes très perspicace, ancien commerçant oblige. En fait, j'ai reçu cette maison en héritage de mon compagnon ou, si j'ose dire, de mon petit ami Jules. On s'est rencontré lorsque j'ai rejoint un club de danse country où il était un membre assidu. Vous connaissez le country ? Oui ? Vous m'impressionnez.

Jules est très vite tombé amoureux de moi. Pardon ? Vous pouvez comprendre ? Oh, merci. Où en étais-je ? Oui, au début, j'avoue qu'il me faisait plutôt pitié, avec son air de prêtre retraité et une certaine tristesse dans son regard. Mais lorsque je l'ai vu danser, il était un autre homme: Joyeux, libre, attirant.

Donc, j'ai commencé à lui rendre visite ici, dans sa maison de famille. Il aimait me parler et surtout, après un verre ou deux, il me demandait si je pouvais le "soulager", c'est le terme qu'il a toujours utilisé. Entre-temps, moi aussi, j'étais un tout petit peu amoureuse, et je lui ai donné ces plaisirs qu'il voulait tant.

J'espère que je ne vous choque pas ? Vous êtes un homme du monde, je vois ça; et je voulais être honnête avec vous, qui serez peut-être le prochain propriétaire de cette maison.

Le problème avec Jules, c'était son côté triste que j'appelais sa "lune noire". Après chaque caresse que je lui procurais, il tombait dans une profonde dépression. Avec le temps, je l'ai même déjà retrouvé dans cet état lorsque j'arrivais. Il avait ce regard fixe dans le vide, et je n'arrivais pas à le sortir de là. Peu à peu, il me raconta sa vie: Père dur comme fer, mère super méchante, et les deux se détestaient. Imaginez-vous, ils avaient même deux boîtes aux lettres différentes, une pour chacun! Harcelé à l'école, sans vraie formation, licencié lorsque la scierie à côté devait fermer, la danse son seul confort, et j'en passe. Déprimant, je vous dis.

Lorsque mes câlins ne suffisaient plus, je le prenais par le bras et le secouais : Qu'il arrête de se laisser abattre comme ça, qu'il cesse d'être si morose et de piètre compagnie ! Nous avons tous vécu de mauvaises choses étant jeunes, adolescentes ou adultes, et ce n'est pas une raison pour pleurnicher ! Faut se ressaisir, lutter et maîtriser sa vie, voilà la réponse à toute cette misère ! Je n'aurais plus envie de venir ici s'il continuait avec ses "lunes noires" et ses lamentations ! Et lorsqu'il commençait à chantonner doucement et sans arrêt "La Mer" de Trenet (probablement encore un truc de sa jeunesse), je devenais dingue et je lançais des objets dans la cuisine.

Vous pensez que j'étais trop sévère ? Peut-être. Mais être la bonne poire à TOUT faire pour un tel merci ? C'est important pour moi que vous compreniez. Donc, je vous donne encore un exemple : Sur ce mur, au-dessus du canapé, il y

186

avait un tableau : Selon Jules, celui-ci aurait été présenté à son arrière grand-mère par le peintre même, un Franc-Comtois nommé Jean-Léon Gérôme de Vesoul. Ce nom ne vous dit rien ? Je peux vous dire que, là-bas, il est maintenant très coté. Un jour, lorsque je menaçais de le quitter, il me l'a offert pour se racheter. Je suis allée directement voir un commissaire-priseur qui m'a confirmé que les oeuvres de Gérôme sont en effet devenues très recherchées, mais que ce tableau n'était que le travail d'un amateur inconnu, et même pas un bon.

Vous voyez l'ingratitude ? Le manque de respect envers ma personne ? Même les autres cadeaux occasionnels et le fait que je pouvais maintenant utiliser sa carte bancaire pour mes achats journaliers ne suffisaient plus à me consoler. Ce que je lui ai fait comprendre sans détour.

Du coup, la semaine suivante, il me demanda de l'accompagner chez le notaire. Là, il rédigea son testament en me faisant sa seule héritière.

J'avoue que ce geste m'a fait plaisir, et je me suis calmée – jusqu'au jour où je suis retournée de nouveau chez ce notaire, pour une succession, mais ça, c'est une autre histoire. Ce monsieur me confia que Jules avait touché de l'argent de la sécurité sociale remboursable depuis 5 ans – et que cette dette devrait être payée par la vente de sa maison, au plus tard après sa mort par son héritier.

Ou son héritière, en l'occurrence, n'est-ce pas ? Je me présentais tout de suite chez lui, remontée comme un coucou. Je lui dis que j'en avais marre de ses mensonges, sa déprime, de notre relation. Que je ne voulais plus lui rendre visite, voire, lui faire plaisir. Adieu.

C'était un après-midi de novembre particulièrement humide, sombre et triste. Je le vois toujours ici, sur le canapé, avec ses airs de chien battu, dans son pyjama. Il paraît qu'après mon départ, il s'est levé tel quel, qu'il a pris ce chemin particulièrement lugubre à travers un sinistre bosquet jusqu'à *l'Ernz Noire*, et qu'il s'y est jeté. Vous imaginez ?

Sauter, en pyjama, dans cette eau noire et glaciale, et probablement très sale ? Brrr, comment peut-on faire une telle chose ? Lorsque le maire du village m'a appelée ce soir, je refusai d' y aller car j'avais mon cours de danse. Tant pis - qu'ils se débrouillent.

Ah, maintenant je vous ai quand-même choqué. Désolée. Mais je peux vous raconter encore une blague : Lors de l'enterrement de Jules, un de ses copains de danse est venu avec un accordéon. Je voulais toute de suite le jeter dehors, mais lui, appuyé par les membres de son club, prétendit que c'était le dernier souhait de Jules. Et il commença à jouer - *La Mer* ! Sur quoi, les autres se mirent à danser autour de son cercueil ! Je les ai quittés sur-le-champ, et ils ne m'ont plus jamais revue. Je trouverai bien un autre club, moins plouc.

Cela vous fait sourire. Peut-être que vous éprouvez une certaine sympathie pour Jules ? Vous pouvez toujours acheter cette maison et y vivre, comme lui. Je pourrais faire votre guide dans cette belle région de Luxembourg que vous ne connaissez pas encore. Et si vous aimez donc la danse, on trouvera bien un autre club. En tout cas, vous avez mon numéro de portable. Cela me ferait plaisir si vous appeliez – pour la maison ou plus.

Ah, bon – comme vous voulez.

Nebenjob

Mathilde legt an und schießt. Tatsächlich hat sie ihr Ziel getroffen. „Na, das klappt ja schon mal ganz gut. Und ich habe gar nicht so sehr gezittert!", sagt sie sich, legt die Armbrust zur Seite und überlegt die nächsten Schritte. Soll sie eine Pistole kaufen oder doch einen Bolzen aus Eis machen?

‚Bolzen wären vielleicht sinnvoller, dann bleiben keine Spuren, wie bei einer Pistolenkugel. Der schmilzt einfach weg', denkt sie. Was soll sie auch sonst machen? Die Pistole wäre zu teuer – bei ihrer Rente –, und sie muss das Dach ihres kleinen Häuschens erneuern lassen.

Während ihres Berufslebens konnte sie vielerlei Erfahrungen sammeln. Ihr erster Ferienjob war in einer Fleischerei. Dann hat sie im Büro und – die längste Zeit bis zur Rente – als Buchhalterin in stets sehr interessanten Firmen gearbeitet. Sie hat viel ausprobiert und nebenbei gejobbt: beim Spielbus geholfen, im

Radio moderiert, eine kleine Fähre auf dem Bostalsee gefahren, in Restaurants gejobbt, Kampfsport, Bogenschießen, Segeln – was man halt so macht. Aus diesem reichhaltigen Fundus könnte sie schöpfen, und aufgrund ihrer Bürotätigkeiten war sie internetaffin genug, um im Darknet Aufträge an Land zu ziehen.

‚Also, der Auftraggeber will, dass seine Frau verschwindet. Sie geht oft joggen, in der Nähe vom Schaumberg. Das ist super, mit einer Armbrust falle ich nicht auf, weil ja eh da der Bogensport-Parcours ist. Ich muss nur ausspionieren, wann sie normalerweise dort ist', denkt Mathilde sich, fährt zum Herzweg und stellt ihren Wagen ab. Auf dem Beifahrersitz liegt das Foto. Sie schaut immer wieder darauf, um sich das Gesicht der Frau einzuprägen.

Nach einer Stunde - die Glieder sind ihr steif geworden und sie möchte sich etwas bewegen - steigt sie aus dem Wagen aus und geht – die Armbrust dabei – los, um zu testen, wie die Spaziergänger auf sie reagieren. Fällt sie auf oder wird sie gar ignoriert? Ein Pfad führt so in den Wald hinein, dass sie sich besser verstecken kann. Die Tierfiguren sind doch eine hervorragende Tarnung. Sie findet es blöd, dass dort auch ein Steinbock zu sehen ist, obwohl es hier im Saarland keine Steinböcke gibt.

Sie bekommt Hunger, ihr wird kalt, diese Warterei – im Versteck hockend – geht ihr auf die Nerven. Nach einer weiteren Stunde denkt sie: ‚Wie sah sie nochmals aus? Ich hätte das Foto mitnehmen sollen. Dann setze ich auch meine Brille auf.‘

Mathilde geht in Richtung Parkplatz zurück. Dann die Überraschung: Da steht sie! Sie ist nicht zum Joggen angezogen – eher wie für einen Winterspaziergang. Was tun? Einfach ignorieren und ins Auto steigen? Vielleicht hat die Zielperson sie noch nicht gesehen. Einfach schießen?

Das Rheuma schmerzt in den Gelenken, Mathilde geht zum Auto. Sie will, als wenn es das Normalste der Welt wäre, die Armbrust ins

Auto legen und nach Hause fahren, in die heiße Badewanne.

„Hallo", ruft da jemand, „darf man hier auch mit Armbrust schießen?"

‚Auch das noch', denkt sich Mathilde, ‚jetzt spricht sie mich auch noch an.'

„Mein Bogen ist momentan in Reparatur und ich wollte es schon immer mal mit der Armbrust versuchen", antwortet sie der Frau und hofft, dass das ausreicht. Keine Verbrüderung mit dem Opfer! Das hat sie in „Morden für Dummies" gelesen.

„Ach, Mathilde, bist du das? Ich bin es, Nina, deine Nichte. Hast du jetzt in der Rente endlich Zeit, deine Hobbys zu pflegen?"

Schock. Mathilde steht – wie vom Blitz getroffen – vor ihrer Nichte. Tausend Gedanken schießen ihr durch den Kopf: ‚Doch kein neues Dach, wie kommt das denn? Ich hätte mir den Namen ihres Mannes merken sollen, der hat mich ja beauftragt. Scheiße, ich hätte meine Brille aufsetzen sollen!

Zweite Chance

Mathilde muss immer noch das Dach ihres kleinen Hauses machen lassen, dafür benötigt sie immer noch 30.000 Euro. Sie zermartert sich den Kopf, wie sie möglichst schnell – vor allem vor dem nächsten Winter – an so viel Geld kommen kann. Der Versuch mit dem Nebenjob ist gescheitert, also muss sie sich etwas anderes überlegen: ‚Ich muss eine Bank ausrauben", denkt sie sich und fängt an, einen Plan auszuarbeiten. Sie kundschaftet verschiedene Geldinstitute aus, recherchiert im Internet, verwirft Ideen, wie etwa die Sprengung eines Geldautomaten. Dann sieht sie ihre Chance beim Altstadtfest: Da sind ganz viele Menschen unterwegs und sie kann nach der Erledigung ihres Überfalls in der Menschenmenge untertauchen.

Gedacht, getan. Sie macht sich auf den Weg in die Filiale, die ihr am geeignetsten vorkommt. An der Kasse ist eine längere Schlange und Mathilde stellt sich zur Tarnung ganz normal an. In ihrem Kopf läuft ein Mantra in

Dauerschleife: ‚Ich bin eine ältere Dame, die Geld von ihrem Konto abheben möchte. Ich bin unauffällig und darum auch nicht interessant für Kameras. Ich bin eine ältere Dame, die Geld von ihrem Konto abheben möchte. Ich ...'

Während es langsam aber stetig vorangeht, bemerkt sie plötzlich, wie sich jemand vordrängeln will. „Hey, stellen Sie sich hinten an!" schreit sie den Mann an und will ihm schon den Ellbogen in die Rippen stoßen, als er sie zur Seite schubst, etwas aus seiner Jackentasche nimmt und hochhält. „Dies ist ein Überfall! Wenn Sie nicht tun, was ich sage, explodiert diese Handgranate!"

Perplex schaut sich Mathilde die Szene wie aus der Ferne an und in ihrem Kopf überstürzen sich die Gedanken: Das ist nie und nimmer eine echte Handgranate. So'n Mist, jetzt kommt er mir auch noch zuvor. Was mache ich jetzt?

Der Mann geht weiter zur Kasse, hält der Angestellten eine Plastiktüte hin und gibt die Anweisung: „Voll machen! Alles was da ist!"

Die Kassiererin befolgt diese Befehle, sagt nichts – versucht vielleicht, die Situation damit zu deeskalieren - und steckt das Geld scheinbar ungeschickt in die Tüte. Der Räuber zeigt auf die andere Kasse: „Schneller! Und dort auch!"

Mathilde schaut zu und versucht, sich möglichst viele Details zu merken. So sieht sie, wie die Kassiererin zum Beispiel auf einen Knopf drückt und etwas, das sich anscheinend unter der Schreibtischplatte befindet, in die Tüte steckt. Es sieht aus wie eine Art Notfallroutine - geübt, ruhig, souverän. Sie schützt mit ihrer Vorgehensweise die anderen Kunden in der Bank. Der Mann scheint es nicht zu bemerken. Er schnappt sich die Tüte, obwohl sie die zweite Kasse noch nicht vollständig ausgeräumt hat, und läuft hinaus.

Mathilde ist geschockt: Das war ein Banküberfall, sie war ganz nah dabei, ihr Herz rast, kalter Schweiß sammelt sich auf ihrer Stirn, ihr wird schwindelig, sie kippt um.

Irgendwann hört sie ein paar dumpfe Stimmen, ihre Beine sind höher gelagert,

Gesichter, die sie nicht kennt, schauen sie besorgt und fragend an. Dann sieht sie einen Polizisten. Er beugt sich zu ihr runter und sagt: „Hallo, wie geht es Ihnen? Sind Sie wach?"

Sie erinnert sich und stammelt: „Der Mann wollte sich vordrängeln und hielt etwas hoch, das wie ein Spielzeug aussah. Er war maskiert, größer als ich, darum habe ich das Gesicht nicht sehen können. Auf jeden Fall hatte er eine dunkle Jacke an."

„Vielen Dank für diese Beschreibung, aber jetzt atmen Sie ganz ruhig, möchten Sie ein Glas Wasser? Wir messen den Blutdruck." Warum sieht der Polizist jetzt aus wie ein Sanitäter vom Roten Kreuz? Denkt sie noch und spürt einen kleinen Pieks.

Sie kommt wieder zu sich und es geht ihr besser. Ihr wird aufgeholfen und sie wird in den Wartebereich auf einen Sessel gesetzt. Jetzt dämmert ihr langsam, was passiert war. Ein Mann hat die Bank ausgeraubt. Der ist ihr quasi zuvorgekommen. Zwei Doofe, ein Gedanke. Wieder nichts mit dem Dach.

Mehrere Bankkunden werden erstversorgt. Es sind viele Sanitäter und Polizisten da, die jeden von ihnen ansprechen. Der nette Polizist von vorhin kommt noch einmal zu Mathilde und fragt sie, ob sie jetzt eine Aussage machen könnte. Sie beschreibt den Mann möglichst genau und lobt die ruhige und souveräne Art der Kassiererin.

Später erfährt Mathilde, dass die Bankangestellte eine Farbbombe unter dem Schreibtisch hatte, die sie in die Tüte steckte. In der Zeitung liest sie, dass der Bankräuber den Trubel des Altstadtfestes genutzt hatte, um ausgerechnet diese Filiale auszurauben. Er hat sich zwei Tage später der Polizei gestellt – mit roter Farbe an den Händen – und den Beamten die Tüte mit dem gefärbten Geld auf den Tisch gelegt.

Die Filialleitung hat sich bei allen Zeugen bedankt und ihnen allen persönlich einen „Fresskorb" mit saarländischen Spezialitäten übergeben. Auf die Frage, warum Mathilde dort war, obwohl sie keine Kundin der Bank sei, antwortete sie nur: „Ich wollte nach einem Kredit fragen, für mein Dach."

Grünschnitt

Wieder einmal sitzt Mathilde vor ihrem Rechner und schaut ihr „dunkles Postfach" nach Aufträgen durch. Und siehe da: Eine Anfrage von *Sauronix*, er bräuchte eine „Ablagestelle für Grünschnitt" im Saarland. Kurzerhand antwortet sie ihm, sie kenne einen außergewöhnlich gut passenden Ort und sie könne ihm die Stelle zeigen.

Eine Woche später kommt es zu dem Treffen. Mathilde möchte mehr über den *Grünschnitt* erfahren und sie ist auch gespannt auf *Sauronix* – anscheinend mag er „Herr der Ringe" so gerne wie sie.

Beim Gang um den Bostalsee – er hat sich im Centerpark ein Ferienhaus gemietet – fragt sie ihn nach dem Auftrag. *Sauronix* muss eine Leiche möglichst unauffällig „unterbringen" und braucht dazu ihre Ortskenntnis. Und Mathilde weiss auch schon, wo: In der Ausgrabungsstätte „Ringwall" in Otzenhausen. Dort seien die Arbeiten abgeschlossen, und in der Nebensaison gebe es auch keine Touristen. Am „Wareswald" in Tholey wäre noch eine Stelle, aber dort sei es zu unsicher, da sie dort noch „am Buddeln" sind. Amüsiert über ihre Ausdrucksweise, stimmt er zu – es sei schon eine clevere Idee, bei archäologischen Ausgrabungsstätten so etwas zu verstecken. Wenn später Jemand noch Knochen finden sollte, würde eher vermutet, die Forscher seien nicht sorgfältig genug gewesen.

Mathilde will noch mehr erfahren und so fragt sie – im Plauderton, um keinen Argwohn bei ihm zu wecken – was das für ein Auftrag sei und wie er ihn ausführen wolle. Sie sei ja noch quasi in der Ausbildung und würde bereitwillig von ihm lernen.

Sauronix lässt sich gerne darauf ein. Sein Job: er soll eine Ehefrau töten. Der zukünftige Witwer hat ihm schon den Tipp gegeben, dass die beste Gelegenheit wäre, wenn die Frau mittwochs am Schaumberg joggen ginge, auf dem Herzweg. Er hat auch ein Foto von ihr geschickt. Es sieht eigentlich nach einer einfachen Arbeit aus, schnell erledigt. Er zeigt

Mathilde in seinem Rucksack sein „bestes Stück" – seinen „Freund Walther" mit Schalldämpfer. Dabei sieht sie auch die dicken Bündel von Geldscheinen darin.

„Ja", sagt *Sauronix*, „der Auftraggeber hat mir die 50.000 Euro Honorar schon übergeben. Das nenne ich Vertrauen!"

Ob sie das Photo mal sehen wolle?

„Eigentlich eine nett aussehende Frau, beinahe schade drum, nicht wahr."

Mathilde schaut auf das Bild, und ihre Knie werden weich. Ihre Nichte! Hat dieser Drecksack von Ehemann also einen Mörder engagiert, und ausgerechnet SIE soll dabei helfen? Und warum will er Nina töten lassen?

Sie muss mehr darüber erfahren; aber zuerst so tun, als mache sie mit, und dann selber zur Tat schreiten. Erst mal den Killer, und dann...

„Wir fahren gleich zu der Stelle. Das ist nicht weit. Bist du mit dem Auto hier?"

Nein, antwortet *Sauronix*, er sei vorsichtshalber mit dem Zug unterwegs, um keine Spuren zu hinterlassen, wie Flugtickets mit Namen oder das Kennzeichen seines Autos.

„Oh, da wirst du aber Pech haben. Hier im Saarland kommt man ohne Auto nicht weit. Allein der Weg vom Bostalsee zum Schaumberg ist schon mal nicht mit dem Bus zu erreichen. Wie willst du das alleine schaffen? Die Straße zum Herzweg ist steil und lang und dann der Transport an sich? Du musst dir wohl doch einen Mietwagen nehmen."

„Hast du denn ein Auto?", fragt er.

„Ich sehe schon, ganz so einfach ist das wohl nicht und ich brauche deine Hilfe wirklich. Vielleicht können wir ja über eine Beteiligung reden?"

„Nur einen Smart for Two", antwortet Mathilde, die ihre Chance sofort erkennt.

„Aber ein Freund von mir hat einen alten Nissan X-Trail, wenn man die Lehnen umklappt ist da viel Platz im Kofferraum. Ich sage ihm einfach, ich kaufe einen Schrank bei

IKEA. Dann schöpft er keinen Verdacht. Und wenn wir eine Decke drunter legen, wird das schon gehen."

Sauronix nimmt den Vorschlag gerne an. Irgendwie fängt er an, die fast mütterliche, pragmatische Art dieser älteren Dame zu bewundern; und vor allem schöpft er keinerlei Verdacht.

Auf der Fahrt nach Otzenhausen versucht Mathilde, noch mehr von ihm zu erfahren. Er plaudert munter über seine beruflichen Erfolge und freut sich sichtlich, mal davon erzählen zu können. Er sei natürlich alleinstehend und habe keine Familie – so müsse man sich nicht so viele Lügen ausdenken, wo man sei und was man arbeitet. Er lebe eigentlich in der Nähe von Osnabrück, Richtung Grenze nach Holland, sei aber in ganz Deutschland unterwegs. Seine Nachbarn denken, er sei Fernfahrer – so fiele es nicht auf, wenn er tagelang unterwegs sei.

„Oh, Osnabrück kenne ich ein bisschen – da gibt es diese leckeren Springbrötchen." sagt

Mathilde, um das Gespräch weiter laufen zu lassen.

Bei allem Amusement - die Fahrt von Bosen nach Otzenhausen sei doch länger als gedacht, meint er, und dass er froh über ihre Hilfe sei. Das mit der Beteiligung habe er durchaus ernst gemeint. Dann erklärt er seine „Masche": Wie er Aufträge akquiriert und sein Berufsethos, nur „berechtigte" Fälle anzunehmen. Bei diesem Job zum Beispiel habe der Auftraggeber allen Grund, seine Frau zu hassen, aber er könne sich aus finanziellen Gründen nicht von ihr scheiden lassen.

„Welchen Grund?", fragt Mathilde erstaunt.

„Naja, sie ist schwanger, aber es kann unmöglich von ihm sein. Aufgrund einer Kinderkrankheit kann er gar keine Kinder zeugen".

Mathilde ist wütend. Was wird da über ihre Nichte spekuliert? Sie hat von Nina mal gehört, dass ihr Mann Windpocken gehabt hat – aber davon bekommt man vielleicht „nur" eine Gürtelrose. Was für eine Lüge!

Jetzt ist ihr klar: Sie muss "den Spieß umdrehen"!

Am Parkplatz vom Ringwall angekommen, erklärt Mathilde ihm den Weg, nämlich hinter den Hütten in den Wald hinein. Der richtige Weg wäre, dann nach links abzubiegen und auf dem Weg zu bleiben; aber sie schickt ihn nach rechts, wo, wie sie weiss, der Steilhang beginnt, der schon manchem Pilzsammler zum Verhängnis geworden ist.

„Also, geh du schon mal vor, nach den Hütten rechts, und durch das Dickicht. Dort wirst du schon sehen, die Stelle ist ideal. Ich komme gleich nach".

Er bedankt sich noch mal, nimmt seinen Rucksack und marschiert los. Mathilde bleibt beim Auto und wartet und wartet. Dann kommt er: Der Schrei! Der Schrei eines Menschen, der in eine Schlucht stürzt. Ja!

Nach einer Weile Suchen sieht sie ihn, ganz unten am Abhang - und so wie er da liegt, sieht es gar nicht gut aus. Arme und Beine sind unnatürlich abgewinkelt und er bewegt sich nicht mehr.

Sie rutscht den Abhang herunter. Bei ihm angekommen, sieht sie, dass sein Kopf auf einem spitzen Stein aufgeschlagen ist und sich eine große Blutlache bildet. Sie fühlt den Puls. Nichts. Atmung: auch nichts.

Mathilde überlegt, was sie jetzt machen soll. Der erste Teil ihres Plans hat also geklappt. Was nun? Es gibt verschiedene Optionen. Hilfe rufen? Aber wie soll sie das plausibel erklären? Da gibt es eine bessere Lösung. Sie versucht, seinen Rucksack von dem leblosen Körper abzuschnallen.

„Meine Güte, ist der schwer", denkt sich Mathilde, und als sie es endlich geschafft hat, durchwühlt sie den Inhalt: Den „Freund Walther", seine Brieftasche, den Schlüssel von der Ferienwohnung und vor allem die 50.000 Euros Honorar.

Das alles nimmt sie an sich und bringt es zum Auto. Als Camperin hat sie immer einen Klappspaten im Kofferraum. Damit kehrt sie zum Unfallort zurück. Sie buddelt eine Kuhle, rollt den Leichnam hinein und schaufelt die Erde über den toten Körper. Dann noch Blätter darüber, den blutigen Stein umgedreht - und man sieht nichts mehr.

Erschöpft, aber doch stolz auf ihr Werk, geht sie zum Parkplatz zurück, setzt sich in ihr Auto und versucht, das Erlebte zu verarbeiten.

‚Wow‘, denkt sie, ‚das ist wirklich passiert: Nina gerettet, gutes Geld verdient, einiges dazugelernt, und einen neuen Freund und Helfer, den „Walther" bekommen. Vielleicht ist es jetzt an der Zeit, Ninas Mann mal einen Besuch abzustatten? Das Honorar hat sie ja schon...'

Bibelzitat

„Und ich sah, und siehe, ein fahles Pferd. Und der darauf sass ..."

Wie ging das noch weiter? Ich kann mich nicht mehr erinnern. Überhaupt, mein Kopf ist so voll mit Gedanken, dass ich das Wesentliche aus den Augen verliere. Worum geht es hier?
Irgendwie muss ich diesen Gedankenmüll los werden. Nicht zu Ende gedachte Ideen, angefangene Projekte, Bilder, Ohrwürmer. Wie kann ich aus diesem Alptraum aufwachen?
Hilfe, ich ertrinke, bekomme keine Luft mehr! Wie werde ich das Übel los? Gibt es ein Licht am Ende des Tunnels? Gibt es Rettung?
Endlich! Der User, der mir gegenübersitzt, drückt den Knopf. Ich fahre runter!

Eine einfache Möglichkeit für KI, nicht im „Burnout" zu enden.

Part 1: Why I Hate Cops and Love Trains

They say people come here for the money. It's lush, that's true, with a higher quality of life and just as much opportunity for tax evasion as the next wealthy capital. Shame the suited Kirchberg bankers and Amazon hive workers are as invisible to me as I am to them, and I instead have found good company with the local beggars, feeling right at home with the homeless. They tell me things (in four or more languages!) and if you listen well enough, the wealth and the shine of the city's extravagance loses its charm, fast. But I digress.

Ever since I was small I have committed myself to the railway tracks. Out of nowhere, this obsession sprang upon me and everywhere I went it was trains, trains, trains. 30 degrees in the middle of the afternoon and all I could think of was sitting out in the sun watching the trains go by. Learning how they worked, knowing the schedule, identifying the make and year of each machine. Where are you all going? Won't you take me with you? I collected all these facts in my head, their secrets were mine alone.

At one point things got so out of control I'd often find myself standing in the middle of Gare Centrale, eyes on the departure board, plotting my next escape. "Where's the next train going?" I'd nervously ask – and then run away before any answer could be given.

Trainchaser, they called me.

It isn't a big city, and I quickly earned myself a reputation. That girl who always wanted to leave, and was looking for a good reason to. But you need to be selective about these things. A train to Germany wouldn't work, they're far too orderly. Nor would a train south to France – too many people had the same idea. Not one of those new, gleaming trains either. Free WiFi and clean toilets? Those weren't made for the likes of me.

Anyway, I already had a favourite.

She was colourful – streaks of blood red along her side – and small, all scratched up and you could tell she'd seen things and been places. I never knew where she was headed. It had to be somewhere far; you don't get as bold and interesting just staying in one place. And amid all the other big boys, there she was, nothing to prove but places to go.

I should probably tell you about all the others. The ones who took a collective and terrifying interest in me.
The reason I started carrying a knife.

On the way to work one day a man slowed down and gestured to his backseat.
I. Was. Furious. "What?" I cried. He gestured again. I fucking dare you. "What??" I was howling this time. Bellowing, more like. "Sex!" he cried triumphantly, and once again, jabbed his thumb at the back seat. Policemen ambled past; like most bad things, they come in threes. "Don't you see?" I asked. They must not have heard me, and just in case the next day I made my purchase. Caressing the sharp blade I

observed with pleasure drops of blood as I slid my thumb along the blade. Easy to hide and sharp as hell.

One night at a bus stop I was stopped by no fewer than three men. These ones I deemed harmless enough, they tried, they accepted defeat, and moved on. No sharp objects needed here.

The biggest predators are the ones you can't touch, the ones who can't hear no and don't see colour. No, literally – as a person I am almost always invisible to this sort, me and my dark skin and scarred knees, nothing more than a short skirt and easy opportunity. Hah.

One night a dashing businessman grabbed me, thrusting into me from behind and pummelling both of us onto a last-chance midnight tram. "Come with me to the airport," he slobbered, reeking of cocaine confidence, his hands all over the place. "Mais putain de merde, qu'est-ce que tu fous?" his friend leapt into action, smacking him in the head and swiftly releasing me. "Sorry," he pleaded, and I accepted. Little did he know, his valiant friend had saved at least one life that night.

Again a badged and booted blue trio strolled past. "Don't you see?" I shouted so this time they couldn't miss. They heard me this time, as the tram pulled away and everyone went on their merry way, problem solved.

But it was one particular time that threw me into a manic rage. "What, no time for me?" a man stepped into my path and demanded attention. No people about. No roaming triplets in blue. Just us. His friends hovered behind him. His eyes twinkled and my knife gleamed. It was then I knew with impeccable clarity, that night was the night, just give me one more reason to shine.

He stepped towards me. His friends watched gleefully. I struck! My blessed knife went straight into his raised hand, a righteous nail in his palm, a massacred artery cleansing his sins, dotting everything in their path. It was sacred.

He howled something terrible and I was on my way, no time to lose.

Bloody knife still in hand I hopped onto one of those public bicycles and rage rode recklessly through the city, as hard as I could screaming, both in my head or right out loud. I rode and rode till I was out of breath and at the entrance to the train station just about fell off my bike. I headed for the nearest loitering cop. "Don't you see?" I spat. He looked away and called for backup.

I raced into the train station and looked out at the tracks – knife still in hand! – and I can't tell you how happy I was when I saw her pulling in. My red streak. My getaway ride. My locomotive queen. Platform 7, departure in 15 minutes. Won't you take me with you?

"Trainchaser is here," a man at the ticket booth said, his voice slipping into concern as he saw my mess, the blood, and my wielded weapon, though this man I wished no harm.

"A ticket for that train, please," I announced, pointing – there wasn't much time to lose.

"Miss, I'm afraid..." he started.

"Don't be afraid," I assured him.

The nice man was left in stunned silence as a hand from behind made a grab for the handle of my knife, but not before I swung about, slicing him straight across the throat, oh, you should have seen the reams of red ribbon that flowed from him!

"Now do you see?" I asked, and the fallen policeman gurgled from the ground in response, clutching his throat. The slain officer's squad is on my back as I make a run for it. My homeless contingency keeps silent watch and I am glad that I have delivered this parting gift: another tale to tell tomorrow.

Let me tell you about Luxembourg. There's wealth, there's fancy, there are banks and suits and drugs and crime, and there's this one train, my beautiful train, it's time to go and I know the game is over.

The warning horn sounds and the engine rumbles as my train pulls away, she is leaving without me! But they're closing in on me, there is no time for tears, and there's only one way from here, and on Platform 8, my answer is arriving.

I don't look back to say goodbye as the next train storms in.
Then I'm on the track and everything fades to black –

Part 2: Indeterminate Days of Murder in the Market

I've seen the seasons come and go. I've lived here all my life. The tourists of summer, the ebb and flow of students flocking in and out of the university as semesters begin and end. The sidewalk junkies, the homeless contingent, the hopeful youth with one-way tickets to Paris and the women who keep me company at night. I've considered all options and I have the following to report: A Christmas Market is the perfect place to murder someone.

Hear me out: My own research and analysis aside, haven't you heard about H.H. Holmes? A brave man who murdered many before and during the Chicago Trade Fair in 1893. Some reports say 12. Some say 200. Doesn't matter – the point is, he took advantage of the fact that when you're in the heart of such bustle and activity, deadlines to meet, busy policemen and distracted politicians, anything is possible.

Not anymore though. I probably don't need to remind you that it isn't 1893. You can't get away with such magnificent killing sprees the way you used to. Look, I've thought this through, on one hand, the more people there are, the more they're watching these days. On the other, the whole world *isn't* attending. (Though it should be noted that according to a notable website specialising in Christmas Market rankings, the Metz Christmas Market ranked No. 1 in France and No. 3 in Europe). Strasbourg, you say? Too big, too much opportunity, and I am but a simple person with simple needs, and I have no such ambitions. There's no need to murder hundreds of people, overpopulated as the world may be. What kind of psycho do you think I am?

If you're wondering why, let me ask in return, why not? The world is full, and much of it is full of BAD, and it is up to some of us, some noble few, to restore balance. So, friend, let us begin.

Day 1: Let's plan

To get this right, we need to plan. Just to make one thing clear: As witness to my plan you, friend, are part of it. You're complicit. I wouldn't be telling you my plan otherwise, what kind of idiot do you think I am?

Luckily for you, I know how everything works here. Today is Nov. 19, and we have five days to go before the market begins. They've got everything set up. Well, almost everything. So let's watch from afar and not let ourselves get any closer. That can wait. Good things come.

Right now as we can see from here, the structure is set, the lights are in place, the stalls are being assembled and hundreds of hungry vendors are ready to make a killing. Heh.

But enough market-watching for today. Let's head away along Rue de la Tête d'Or
and, oh. Do you see her? A perfect little thing all alone, snacking on a juicy pear, what a nice healthy girl. But no, not here, it's too soon.

Meet you back here tomorrow – don't go too far without me.

Day 2: The plot thickens!

The day is Nov. 20, four days to go. I'm allowing us to edge closer to la Grande Rue today. Let's see how they're doing. I can smell Christmas in the air. A lovely couple walk past, hand in hand, the kind that look like they've been together a long time. Huddled together like two birds in a tree, their arms entwined for love and for warmth. Everything is peaceful now. Let them be, we wait another day.

While we're here, let me ask you: have you ever killed anything? I don't mean like an ant, surely everyone has. No, I mean something far more thrilling, like a pet or a farm animal, for food or for pleasure. Once in a school camp, some sort of survival course, I had to kill a frog. Apparently the soldiers training us would eat them, so nothing would be wasted, or so they said. Poor guy was doomed the second he was caught and put into a box, all for some snotty kid like me to select him from among all the others, and slam his little green head against a rock. Just like that he was gone, and I had taken a life. My first. I wonder how many of the other young cadets think about it still. I certainly do, and I get up to all sorts when I'm bored, though you can't say that's unusual, of course, and well, try it. Just try it, and really think about it.

Day 4: Missed a day, sorry!

Sorry I missed our date! I got a bit carried away yesterday – sometimes you have to strike when opportunity presents itself, and wow, did she present herself! But no matter to you; this one's all on me. A bit of a trial run to perfect my carving skills. And it's about time too, now we've just two days to go before the market opens and our real plan can begin. Today, let's explore the covered markets, no point standing around in the cold while we wait.

I love going into the covered markets. Some, like us, are here for shelter, to have a glass of wine while we observe. It's my favourite

French pastime –   to just sit and watch. Take your time. Judge everyone else if you want. Notice nothing if you please. You have time. *We* have time.

By what looks to be everyone's favourite meat stand, three women are cackling away about something or other, and their sounds both delight and frighten me. Hear that? Like three hens clucking over their finds: meat, eggs, cheese, and for one of them, flowers. So wholesome. So unaware. So disgustingly encumbered with all the unnecessary things they have bought. Doesn't it bother you?

On the day I killed my first (the frog, remember) one of the bigger boys was selected to kill a chicken. Draw an invisible line, and the idiot (the chicken, I mean) stares at it, hypnotised. Then twist its head right off! I ached for such power, but they wouldn't let me. Said I wasn't strong enough to do it right the first time and might cause the poor fool to suffer, the last thing anyone wants, of course.

What is suffering, anyway?

Day 5: Who's counting?

Already I'm starting to notice signs of menace creep into the city. Ever noticed how that's always the case? Where there's warmth, there are those out in the cold. Where there's food, there are those who go hungry. Where there's fun there are those who miss out and where there are beautiful, charming markets, there are those who prowl the streets and wait for darkness and distraction.

Not me, of course. I conduct my business out here in the open! No, I mean the men who lurk in the shadows. I won't take you into the dark side of town, we don't need to go that far – just sitting here on this bridge overlooking the church, I was approached by not one or two but FOUR stragglers.

One woman who asked for a cigarette – I gave her my last one.

Two policemen who stopped and asked what I was up to – I didn't answer them and they went on their way.

And one man who called after me as I walked away – I hate men who call after me. I remember his face and have him signed up as a potential victim, should we meet again. After years of training, I'm certainly strong enough now.

Day 6: Everything is fake!

These markets are a sham, did you know that? They've been here a long time, as have I, as you well know, and they used to be quiet and cosy and charming and simple. Traditional. I am a traditional person, if you haven't noticed. I don't care for the razzle-dazzle splendour of the markets of today. That's what draws all the tourists in – not the hot bread and spiced wine, but the nice clothes and shiny jewellery that now plague our precious streets. Any opportunity to display their ostentatious wealth.

Look at this stand here – what on earth would you want a gold ring for? And even if you did, why on earth would you buy it *here*? It's cold. It's expensive. It's busy. It's probably fake. It's common. There – five good reasons to not buy a gold ring at a bloody Christmas market.

This is upsetting me. We move on.

Day 7: It is time!

I apologise for my little outburst yesterday. I can get a bit precious about these things. Times are changing, I know, and we must move with it. So today I'm back here at the market, the source of everything I know and learned from a seasoned expert – the butcher. Already they have started bringing in all sorts of flock and fowl. At least four plucked ducks, five fat turkeys, six rich and ripe geese, it keeps going.

But look here, how the gentle butcher cares for his crop. He knows where to cut. Exactly where to slice. Thoroughly but gently plucked, gutted, cleaned, prepared. Prepared for what? For a feast, of course. It's practically art.

I too, as you know, am well-trained, I've been watching for years. Prepared. Ready. I know where to cut. Where to slice. I'm getting hungry, aren't you? Fancy checking in on one of our French hens at the market? I bet she's still there. For today, at least.

Let me tell you a story on the way. Mind your step. So about those chickens I didn't get to kill, I didn't kill any, but we did meet again. Later that night when everyone was asleep in their bunks, I slipped out to inspect those chickens, now safely cooing in their sleep in a cage, quietly awaiting tomorrow's training. Did they know, do you think, that they'd end up dead, all of them? That they'd be tomorrow dinner, no other reason than a wrong-place-wrong-time situation? Simply because they're below us, as they say, in the pecking order? 'Why you, and not them little chicken,' I did whisper to one I chose, in the quiet of the night.

That frog was my first and last kill of a creature so helpless and undeserving. Not long after that, I..

Ah, we're here. There she is, with all her bags stuffed, with more food than any one person or family needs. Laughing away, with far more joy than any one person is entitled to.

She bids goodbye to her clucky friends. She makes her way down the street. She crosses the bridge – and herself as she passes the church. And then she slips into the shadows of the wrong side of the street and, follow me, watch and learn, our moment is here!

"Madame, can I help you with your bag?"
"Oh, you're very kind," the last words she ever spoke as I slit right across her throat – I know where to slice – and just like that it was done.

Don't just stand there staring, one mustn't dawdle after a kill. You go this way and I go that – you've been great, let's take tomorrow off, ok? You'll be fine. We're good. Look I'm not worried or anything, but look up the word 'complicit', ok? This was our kill. Your first!

I have lost track of the days!

I usually sit here and watch the swans in this lovely pond beyond the church. It's a great spot to sit and watch. But instead today I'd like to bring you to another of my favourite spots in town: Troubadour Bar, an institution in itself and packed with students from the university.

It's not long from here, let's be on our way.

I do hope you've had some time to think. It wouldn't be you on this journey with me if I didn't know for sure you had it in you. To kill. To murder. To take a life. I'm sorry I implied I couldn't count on you – nerves kick in even for the seasoned killer.

Hey, careful while we cross the road, I'd hate for anything bad to happen to you.

It's nice out today so we can sit by the street. It's a good spot – real people. At the other tacky clubs around here you'll find the same thing every time: girls making advances on rich men, boys making fools of themselves to impress the women, everyone causing trouble. In the end there are always tears and accusations, everyone gets drunk and no one goes home with each other, quite frankly I can't stand the fuss and had there been a way I'd have had every last one of them. But the job comes with restraint and I have plenty of that, too.

I've gone ahead and ordered you a pint, I hope you don't mind. I'm glad you're here. I guess you could say you're my only friend. Anyway, enough about me, tell me more about you.

The last day

The carousel spins with such gaiety the average person could hardly walk by without stopping to smile as children piled on, some with parents and some without, some cheering in delight, others quiet with unease, at least one howling in dismay as the horses loomed up and down, tinkly music filling the air, and no way to stop until the ride is over.

Signature smells of roasting chestnuts and hot chocolate fill the air, vin chaud available at every corner, with your choice of bourbon, whiskey, vodka or rum to spice up your beverage for a euro extra. Or you could have it on its own. You can do whatever you want in the Christmas market. Everyone is here for a good time; no one is looking for trouble.

A sudden moment of quiet as the mechanical horses come to a stop, children plead for another round (while others still clamber off to escape). But the scene demands noise and bustle and the illusion of silence is quickly broken as a hearty cry of "Les Champs-Élysées" demands all attention – revellers in the champagne tent are on their sixth bottle and tenth round of the old classic. We are far from the streets of Paris but that hardly matters, not today. Everyone is here for a good time; no one is looking for reason.

The ice crunches beneath my feet as I make my way to you, my so-called friend. For days, I have watched you prowl and leer, slice and slaughter. My dear, it is time to stop.

I follow you past the steaming hot pipes looming above the market stands, through the marching band and their delightful dancers and acrobats, beyond the drummers drumming for all their worth, as we make our way into the carousel.

You beckon me excitedly as I come up behind you. Darling, did you miss the gleam of my knife? We select a little carriage for two as the music starts and the rounds begin. The children pay no mind.

I follow what I've learnt from you and slice in the right place. You're right: it does feel like power that I'm not certain I deserve. But someone had to stop you, and it may as well be me. I suppose you're right about that, too – sometimes it is noble to kill.

Here the ride comes to an end so I'll leave you for another jaunty round, me slipping away before anyone notices you (Ha!) you're not going anywhere, and yes, this is exactly the kind of psychopath and idiot I think you are. But I must admit, you were right about one more thing, darling – the Christmas Market *is* the perfect place for murder.

Part 3: Delayed

Come along with me now, darlings, you're safe now. Yes I know I'm new to the murder game, but I've learnt from, well, not the best but the more-adequate-than-most, and I can tell you this, murder is a gruesome game and it is for some, but it isn't for me. Let this be our first and our last, and let it be known that it was done for the good of us all. Who knows how long it'd have been until she turned the knife on me, and had she, and I'm sure she would have, who would continue this tale?

We're headed for Luxembourg, a land they say has a lot of wealth and a lot of cows, which sounds like opportunity to me. It won't take very long, so let's sit back and enjoy the ride.

There's something about trains that gives you the time and space you need to think, to reflect, to plot, to reconsider. And what I'm thinking about today, of course, is murder. Perhaps I was too quick to say one was enough for me. Like cigarettes or Pringles, you never stop at one. You can have more, sure, but maybe just not *all* the time. I smoke sometimes, at the right party, with the right people, with just the right amount of alcohol running through me. Yes, that's it: I'm no mass murderer or chain killer. I'm a social slicer – only on weekends, or once or twice a year. And only for the good of all.

Don't look so alarmed, my dears, if you'd come a bit closer you would know, too. You haven't smelt blood like I have. You haven't seen a gleaming knife when it meets skin. Taut, tense skin across my first victim's neck. Poor thing hadn't even had time to scream.

Besides, there's killing for fun, and then there's killing for cause. One is far more acceptable than the other.

So how shall we proceed? Let's think this through: One kill a year. Every Christmas. We seek homeless drug dealers handing out narcotics to addicts! No, no – if anything they need our help. Perhaps we recruit them?

Or hang on, how about this: we fight corruption with our small, shiny knives, one crooked banker at a time, there are loads of them here! No? You're right, way too public, they do tend to lead such ostentatious lives.

I've got it: the bad men in the streets who follow women down dark paths. We follow them, and we get the last laugh! Yes, that could work. One less predator every year. But perhaps one a year isn't quite enough, what do you think about...

Well, that was a loud thump, what the hell?
Problem with the tracks, I imagine. No concern of mine.
We've screeched to a halt in the station now: Gare de Luxembourg.

I disembark on Platform 8 to a curious sight: crowds of people standing, staring, police officers striding about – I wonder if they're here for me? But then, a scattered crew of your average station-dwelling homeless junkies stand apart but united in emotions, some in tears.

What a sight of chaos and order, fear and tears, and I haven't the slightest, but I don't think all of this is for me.

And just look at the sight of this old train departing! It's a stained dark yellow with dusky red streaks that may as well be blood. So charming in her antiquity, so unassuming and so quaint. But we've no time to dwell.

A few policemen race past me and I cross the tracks, I'm glad they pay no attention to me whatsoever. Gathering my coat about me and keeping my head well concealed by my hood, I glance at the latest platform information as I walk briskly to the exit.

Platform 7: Train has departed

Platform 8: Delayed due to accident on the line

Femme fatale

Thomas und Christian aus Saarbrücken gefiel das große alte Haus in Mainzer Straße 13 von Anfang an. Es war zwar ziemlich heruntergekommen und stand schon seit vielen Jahren leer, aber man konnte etwas daraus machen. Sie hatten große Pläne damit. Die Wohnungen würden sie vermieten, und in die schönste, die große direkt unter dem Dach, in die wollten sie selbst einziehen.

Im Erdgeschoss, direkt an der Straßenecke, war der ideale Raum für ein kleines Ladenlokal. Thomas würde sich endlich seinen Wunsch erfüllen und ein eigenes kleines Bistro eröffnen. Handwerklich war Christian sehr begabt und freute sich schon riesig darauf, endlich mit dem Renovieren anfangen zu können.

An einem Freitag Ende Oktober war es dann so weit. In freudiger Erwartung standen Thomas und Christian mit einem Umzugswagen und jeder Menge Werkzeug vor ihrem zukünftigen Heim. Keiner von beiden wusste allerdings, dass in der Stadt das Gerücht umging, es spuke in den alten Gemäuern. Eine mysteriöse Todesserie hatte sich nämlich in dem Eckhaus ereignet und überschattete seine Geschichte. In den letzten einhundert Jahren waren dort vier Menschen auf rätselhafte Weise ums Leben gekommen. Nun war das Gebäude zwar unbewohnt, doch trotzdem sah man manchmal des Nachts von draußen in einem der Zimmer einen schwachen, geheimnisvollen Lichtschein. Schon lange war das Haus leer gestanden, nur alle paar Monate – wohlgemerkt bei Tageslicht – hatte der Immobilienmakler, der es verkaufen sollte, hier nach dem Rechten gesehen. Thomas und Christian gegenüber hatte er es allerdings vermieden, irgendetwas von dem preiszugeben, was er über die düstere Vergangenheit des Hauses wusste. Im Laufe der Jahre hatte Herr Menn nämlich die Erfahrung machen müssen, dass solche Details die Kaufinteressenten eher abschreckten.

So hatte er auch den neuen Käufern verschwiegen, dass drei Männer vom obersten Stock aus dem Fenster hinunter auf die Straße in den Tod gesprungen waren. Auch dass Helene Nauenstein, die Frau des Erbauers, sehr exzentrisch und etwas verrückt gewesen sein sollte, behielt er für sich. Er gab selbst nichts auf die Geschichte, sie habe ihren Mann mit zahlreichen Liebhabern betrogen und ihn schließlich vergiftet. Dass die Witwe irgendwann dem Wahnsinn verfallen war und sich im obersten Zimmer erhängt hatte, auch dieses Detail hatte er unter den Tisch fallen lassen.

Herr Menn war froh, dass er das Objekt nun endlich los war, und als er erleichtert die Schlüssel übergeben hatte, war er rasch verschwunden.

Jetzt waren sie also da, hatten ihr eigenes Haus, Raum für ihre Träume – und konnten loslegen. Christian sah sich etwas entmutigt um: »Mannomann, da wartet ganz schön viel Arbeit auf uns.« Thomas nahm ihn in die Arme: »Egal, ich freu mich! Endlich unsere eigenen vier Wände und nie mehr Miete zahlen müssen. Lass uns mal damit anfangen, dass wir ein bisschen sauber machen. Nachher koch ich uns was, und wir machen es uns ganz schön.«

Schon als sie das Haus vor ihrer großen Entscheidung, es zu kaufen, besichtigt hatten, war ihnen in den Räumen ein buntes Sammelsurium an alten Möbelstücken aufgefallen.

Während sie nun putzten und ihre mitgebrachten Sachen an ihren Platz stellten, hatten sie zum ersten Mal ausreichend Zeit, sich diese Möbel genauer anzusehen. »Hier sind richtig tolle antike Sachen dabei«, bemerkte Thomas anerkennend und pfiff durch die Zähne. »Man könnte meinen, die Leute, die hier mal gewohnt haben, hätten das Haus oder sogar die Stadt Hals über Kopf verlassen und sich nicht einmal die Zeit genommen, zu packen, geschweige denn, einen Umzugswagen zu organisieren ...«

»Na ja, vielleicht sind sie verstorben und hatten keine Erben«, meinte Christian.

»Ja, vielleicht ...«

Schweigend räumten sie weiter auf.

An diesem Abend machten sie es sich zum ersten Mal in ihrem neuen Zuhause gemütlich, der Wohnung unter dem Dach. Sie lagen zusammen in einem großen Himmelbett, das sie für sich hergerichtet hatten. Es war ein anstrengender Tag gewesen, und so war es kein Wunder, dass sie auf der Stelle einschliefen.

Gerade hatte es Mitternacht geschlagen, als Thomas von einem Flüstern geweckt wurde.

>>Du schöner Mann,
ich weiß, ich kann
dich glücklich machen
mit vielen Sachen.<<

Was war das? Hatte da jemand gesprochen? Thomas fuhr hoch, saß kerzengerade im Bett und starrte in die Dunkelheit des großen Raumes.

>>Deine Liebe,
meine Triebe –
süße, kleine Tode sterben.<<

Da, plötzlich ... Thomas glaubte, seinen Augen nicht zu trauen. In einer Ecke des Zimmers sah er eine leuchtende Gestalt, eine alte Frau mit wehenden weißen Haaren. Sie trug ein langes weites Kleid, wie es früher einmal Mode gewesen war, und lächelte ihn an. Thomas rieb sich die Augen, und als er noch einmal hinschaute, war die Erscheinung verschwunden.

»Ein seltsamer Traum«, dachte er. Aber er war so müde, dass ihm die Augen sofort wieder zufielen.

Am nächsten Morgen stand eine Menge Arbeit an, das Erlebnis in der vergangenen Nacht war vergessen. Abends gingen die beiden wieder recht früh zu Bett. Und dieses Mal war es Christian, der um Mitternacht aufwachte. Thomas hatte ihn wohl wachgeküsst, nahm er an. Doch als er die Augen öffnete, sah er im Halbdunkel, dass sein Freund tief und fest neben ihm schlief. Eine Frauenstimme säuselte in sein Ohr:

»Du schöner Mann,
ich weiß, ich kann
dich glücklich machen
mit vielen Sachen.«

Christian drehte sich um und konnte nicht glauben, was er da sah. An seinem Bett stand eine geisterhafte Gestalt. Eine alte Dame mit wehenden Haaren und langem weißem

Gewand. Sie lächelte ihn aufreizend an, und dann hörte er sie wispern:

>»Deine Liebe,
meine Triebe –
süße, kleine Tode sterben.«

»W... was wollen Sie?«, stotterte Christian.

>»Komm her zu mir, Geliebter.
Nur einen Kuss,
und ich mach Schluss ...«, säuselte sie, und
dann keifte sie schrill:
»... mit deinem Leben!«

Mit einem Satz sprang Christian aus dem Bett und knipste das Licht an, doch die Frau war verschwunden. Da wurde auch Thomas wach: »Oh Mann, was ist denn?«, stöhnte er verschlafen. »Ist dir eine Spinne übers Gesicht gekrabbelt, oder was? Komm, leg dich wieder hin und mach das Licht aus.«
Aufgeregt erzählte Christian die ganze Geschichte, und da fiel auch Thomas wieder ein, was er in der Nacht zuvor erlebt hatte.

»Du, Christian, ich glaube, da will uns jemand einen gehörigen Schrecken einjagen. Die versuchen, uns mit billigen Theatertricks aus dem Haus zu ekeln. Du weißt doch, wie die Leute sind: Wer will schon ein schwules Pärchen in der Nachbarschaft?«

»Aber die Nachbarn kennen uns doch noch gar nicht. Außerdem, ich kann mir nicht vorstellen, wie man so was mit irgendwelchen Tricks hinbekommen könnte. Für mich wirkte das alles ziemlich real.«

»Ach was, Chris, es gibt keine Gespenster, das weiß doch jedes Kind!«

»Und warum gibt es dann so viele Geschichten darüber? Irgendwas muss doch dran sein.«

»Schon gut, überredet, nächste Nacht bleiben wir beide einfach wach, und dann sehen wir mal, was passiert.«

Als der Abend nahte, waren sie zwar wieder hundemüde, aber sie hatten sich ja vorgenommen, den Dingen auf den Grund zu gehen. Sie kuschelten Arm in Arm im Bett und schauten sich eine DVD an: Die Rocky Horror Picture Show – zur Einstimmung sozusagen. Dann hörten sie in der Ferne eine

Kirchturmuhr zwölf schlagen. Thomas schaltete den Fernseher aus, es wurde totenstill.

Da entzündete sich in einer Ecke des Raumes aus dem Nichts ein schwaches Leuchten. Es wurde größer und heller, und die Gestalt der weißen Frau erschien daraus wie in den beiden Nächten zuvor und raunte ihre betörenden Reime.

»Du schöner Mann,
ich weiß, ich kann
dich glücklich machen
mit vielen Sachen.«

Die beiden konnten kaum glauben, was sie da sahen und hörten. Thomas hielt seinen Arm schützend um Christian, und der klammerte sich ängstlich ganz fest an Thomas.

»Komm her zu mir ...
Huch, was zum ...«

Wieder war die weiße Frau an ihr Bett getreten, doch diesmal blieb sie erschrocken stehen.

»Männer ... lieben ... Männer ... oh ... mein ... Gooooooott!«

Damit hatte der Geist von Helene Nauenstein nicht gerechnet: Zwei Männer, die sich offenbar nicht für Frauen interessierten, konnte sie nicht verführen und in den Tod treiben. Mit einem Entsetzensschrei löste sich die Lichtgestalt in viele kleine Funken auf, Funken, die durchs Fenster wie Irrlichter nach draußen Richtung Himmel stoben und rasch verglühten.

Thomas und Christian konnten in dieser Nacht nicht mehr einschlafen. Was ihnen da widerfahren war, das war einfach zu unglaublich. Gespenster gab es also wohl doch. Die weiße Frau erschien den beiden jedoch nie wieder.

Sie renovierten das Haus, vermieteten einige Wohnungen, und im Erdgeschoss eröffnete Thomas dann sein eigenes kleines Bistro. Bis heute sind sich die beiden nicht sicher, ob sie den Geist von Helene Nauenstein nur in die Flucht geschlagen oder aber erlöst haben.

Dramaqueen

Ralf Welten trat auf die Bremse. „Fuck!“, durchfuhr es ihn. Hastig schnallte er sich ab, öffnete die Fahrertür und stieg aus dem Wagen.

Im Licht der Scheinwerfer sah er nur seinen Kopf. Kein Mucks war zu hören, kein Wimmern, kein Stöhnen, nichts! Der Mann, der ihm vor den Kühlergrill gelaufen war, bewegte sich nicht mehr. Und auch Ralf blieb erst wie angewurzelt stehen.

Mit einer Scheißwut im Bauch war er einfach zu schnell mit dem Chevrolet durch den Wald gebrettert. Wenn er sich doch nicht so darüber geärgert hätte, dass Jürgen so offensichtlich mit Anke geflirtet hatte, beim Vatertagsausflug der vier Freunde. Darüber, dass Jürgen ihr in der Grillhütte am Lagerfeuer schließlich seine Jacke gegeben und den Arm um sie gelegt hatte.
Kopflos war Ralf daraufhin zum Auto gerannt und davongedüst, hatte einfach nur weg

wollen und sich dabei gehörig im Wald verfahren, bis er endlich den Weg Richtung Hauptstraße wiedergefunden hatte und schließlich dieses Unglück geschehen war. Wieso nur war er immer so schrecklich eifersüchtig, warum so impulsiv?

Wie in Trance ging Ralf nun ums Auto und kniete sich neben den reglosen Körper.

Er griff nach einem Arm, um den Puls zu ertasten. Wie ein Film spulten sich die Eindrücke des Erste-Hilfe-Auffrischungskurses ab, den er vor gerade mal vier Wochen gemacht hatte. Okay, wie war das noch? Bewusstsein und Atmung prüfen, Stabile Seitenlage, Rettungsdecke gegen die Kälte der Nacht. Oder umgekehrt?

Kein Puls!

Shit, und jetzt?

Er musste Hilfe rufen! Eins-eins-null! Quatsch, nein, das war die Polizei!

Eins-eins-zwo.

Ralf wollte gerade die Nummer in sein Handy tippen, da hielt er inne. Moment!

Was, wenn der Mann vor seinen Füßen tot war? Dann gab es nichts zu retten. Und er, Ralf war ein Mörder.

Ralf steckte sein Handy wieder weg, er hatte eine bessere Idee: Er griff dem Mann von hinten unter die Arme, verschränkte die Hände vor seiner Brust und holte tief Luft.

Es kostete einiges an Mühe, den leblosen Körper über den Waldboden, durch Schlamm und Pfützen zu schleifen, hochzuhieven und schließlich im Kofferraum zu verstauen – die Heckklappe ließ sich gerade so schließen.

Ralf stieg zurück in den Wagen, schnallte sich an, drehte den Zündschlüssel im Schloss und fuhr doch nicht los. Er starrte durch die Windschutzscheibe in die Dunkelheit der Nacht, in der sich das Scheinwerferlicht verlor. „Fuck!" durchfuhr es ihn erneut. Unbewusst ließ er die Kupplung los, das Auto machte einen Satz und war abgewürgt. Stille, doch dann brüllte Ralf es heraus: „Fuck, Fuck, Fuck! Verdammte Scheiße!"

Und schließlich konnte er es nicht länger zurückhalten. Ralf heulte los in einer Mischung aus Wut und Verzweiflung. Heulte und heulte, die Arme auf dem Lenkrad verschränkt. Was hatte er nur getan?

Er hatte einen Menschen getötet, als er so in Rage durch den Wald gekurvt war und jetzt kam er nicht mehr aus der Sache raus. Was tun?

Da hatte er einen Geistesblitz: er musste zurück zu den anderen! Einfach so tun, als wäre nichts geschehen. Ja, genau, was blieb ihm auch anderes übrig? Sagen, dass er ein bisschen Zeit für sich gebraucht habe, dass er sich eben mal wieder in was reingesteigert habe – seine Freunde kannten ihn ja. Dass es nun wieder gut wäre, er einfach hatte Dampf ablassen und runterkommen müssen, er den Abend auch nicht habe versauen wollen und obendrein ja nun auch wieder bei ihnen wäre, um noch ein wenig beisammen am Feuer zu sitzen. Natürlich würde Ralf sich noch tausendmal entschuldigen. Seine Freunde würden es ihm wohl nicht allzu übel nehmen. Sie wussten, dass er ein Hitzkopf war.

Vielleicht hätte er dann ein Alibi? Bei Tatort, was Ralf so gerne schaute, funktionierte das zwar nie – der Täter wurde immer gefasst –, doch im richtigen Leben? Wieviele Verbrechen wohl unentdeckt blieben? Cold Cases? Irgendwann nach Jahren tauchten Überreste in irgendeinem See auf oder irgendwo verscharrt im Wald. Keiner würde wissen, was passiert war. Alle Spuren wären längst verwischt.

Ralf musste sich zusammenreißen. Er räusperte sich, atmete durch und wischte sich mit den Hemdsärmeln durchs Gesicht. Dann suchte er auf seinem Handy noch einmal nach dem Standort, den Hardy am Mittag geschickt hatte. Tausend Gedanken schwirrten durch seinen Kopf, als Ralf mit dem Auto zurücksetzte, doch er musste sie verdrängen. Gerade jetzt musste er einen klaren Kopf bewahren.

Nach nur knapp fünf Minuten Fahrt tauchte die kleine Grillhütte am See wieder vor ihm auf – wie schnell er doch zurück war. So weit, wie er gedacht hatte, war er bei seiner hektischen, eifersuchtsblinden Flucht gar nicht gekommen.

Seine Freunde waren erwartungsgemäß nicht sonderlich böse, als Ralf sich wieder zu ihnen gesellte. Bloß Hardy konnte sich eine spitze Bemerkung nicht ersparen: „Du alte Dramaqueen!", feixte er und knuffte ihn in die Seite.

„Wo ist eigentlich Jürgen?", fragte Anke. „Der wollte dir noch hinterher. Gucken, ob er dich einholt ... Er geht nicht ans Handy. Ich hoffe, er ist nicht mit einer Wildschweinhorde zusammengestoßen." Sie kicherte.

„Jürgen?" Ralf schluckte. „Keine Ahnung, hab ihn auch grad vermisst. Ach, der taucht bestimmt gleich wieder auf. Hoffentlich nimmt er mir meine Eifersüchteleien nicht übel ..."

Ralf versuchte sich nichts anmerken zu lassen, doch wieder musste er an Jürgens entsetztes Gesicht im Licht der Scheinwerfer denken und daran, dass er in dem Moment extra aufs Gaspedal getreten hatte.

Einmachzeit – ein Drabble

„Wichtig ist, dass die Gläser steril sind," meinte Brigitte. „Ich kann dir welche abgeben, wieviele brauchst du? Ich krieg immer zehn Gewürzgurken in ein Glas."

„Hmmm, dann würde eins ja völlig ausreichen." Elvis kratzte sich am Kopf. „Frag mich, ob die Dinger beim Einmachen aufquellen ..."

Brigitte schüttelte den Kopf. „Ich halte ja nichts von deiner Idee. Lass uns lieber Mettwurst im Glas davon machen. Komm einfach in der Metzgerei vorbei, ich hab einen Industrie-Fleischwolf, Pökelsalz, Gewürze und noch Kalbfleischreste von gestern. Das Endprodukt sieht appetitlich aus und schmeckt. Schwabbelige Pimmel, die aussehen wie wissenschaftliche Präparate in Ethanol – wer will sowas?"

Tea-Time – noch ein Drabble

Ihren Rucksack fand man als erstes. Gleich neben dem Abfalleimer an der Bushaltestelle, etwa einhundert Meter von der Uni entfernt.

In ihrer Studentenbude fand man keine Fingerabdrücke auf der Bierflasche – auf der Maus, nur ihre eigenen.

Ihren Ring entdeckte man auf der Damentoilette neben dem Seifenspender. Sie hatte ihn nach dem Händewaschen wohl liegen lassen, bevor sie verschwand.

Sie trank keinen Tee. Woher kam dann dieser Teebeutel? Wer hatte sie an jenem Sonntagmorgen besucht?

Florence fragte sich, warum sie sich partout nicht an ihren Mörder erinnern konnte. Vielleicht lag es an dem großen, klaffenden Loch in ihrem Schädel, überlegte sie.

Six-Word-Stories ... in alphabetischer Reihenfolge

Alles neu macht der ... verdammte Viecher!

Botanische Sensation: Fleischfressende Tomaten. Heinz vermisst.

Chamäleon weg! Panik! Blaue Tonne abgeholt.

Dringender Anruf: Enkel lebt, Schwiegersohn Witwer.

Erstmal zur Kö – dann zu Penny.

Frage und Antwort = Mut und Enttäuschung.

Günstige Kopfhörer! Was hast du gesagt?

Homosexualität kriminalisiert, Grindr genutzt, selbst verurteilt.

Irgendwie, irgendwo, irgendwann: schlagartig, Manhattan, Zweitausendeins

Jabberwocky lebt! – ihre letzten gefundenen
Zeilen.

Kinderzimmer, das nie zum Jugendzimmer
wurde.

Lebenslänglich, weil Timmy noch fliehen
konnte.

Mutter wird Vater, Sohn zur Tochter.

Nachts alleine. Eva lauscht … eNiemandin
Schrei!

Olaf lernt lesen, seine Tochter laufen.

Parkverbot, der Mann am Steuer: tot

Quallen erleiden Tantalusqualen in Büsumer
Aquarium.

Ruhe!
Hauchen – Wispern – Kichern – Lachen
Ruhe!

Sie liebten sich – doch nicht genug.

Tom erzählt, doch das Grab schweigt.

Unbekannte Herkunft. Wer waren Kaspars Eltern?

Verliebt, verlobt, verlassen. Dora heiratete nie.

Werner wird Werwolf. Wolfsabschuss: Werner weggepustet.

Xylophon trifft jeden Ton. Wunderkind: Marion.

Yvonne sagt Lebewohl, doch bucht Rückfahrticket.

Zwischen zwei Zwetschgenzweigen hing Heidi Hemmerich.

Ärsche, Märsche, Fackelzüge. Wehret den Anfängen!

Öffne dich – werde verletzt – liebe erneut.

Übung macht den ... ich geb auf!

Scream from the Bridge

Who is responsible? Responsible for what you ask? This is a murder mystery, so responsible for the death of a woman. Premature death, of course. We all die eventually, women included.

This question of responsibility is an offshoot of what we may call social morality. The model of social morality posits that moral responsibility is shared by all of society in its entire range of strata and attitudes. Not just the perpetrators of crime, not just the acts of criminals, but all the underlying causalities and the unidentified myriad of people who have somehow failed to understand that the course of their action or inaction will result in tragedy. Tragedy here – although not always – being defined as the foreshortening of a person's full life potential in terms of the number of days of existence on this earth.

In this murder tale, a bored married woman takes advantage of her husband's prolonged absence to go dance in a discotheque where she meets a "seducer" who, unsurprisingly, seduces her. She accompanies him home to his bed and spends the night. The following day her husband is due home, so in the morning she leaves this man's apartment and starts home by the usual path. This path takes her across a bridge. There, she meets a male individual with a super-sharp knife who threatens to kill her...and only her, I presume, for otherwise this man obsessed with the idea of homicide is an unacceptably weak link in the story: other individuals would have complained to the police about his menacing presence otherwise, or a group of bridge-traversers could have ganged up against him.

The woman is dead scared, so she runs back off the bridge and goes to the boatman who ferries people to the other side of the river. The boatman will not take her across, because she forgot to take a purse with her and hasn't her money wallet. Even though the woman explains that a madman on the bridge has threatened to kill her, still he will not ferry her across.

"It is my job to ply this boat," the ferryman explains. "I do it for money, and money is my only valid motivation."

"But I have a watch," the woman shows him her wrist with the watch on it. The wrist is unusually thin, and there are two freckles above the watchband that look alarmingly black and irregular. But he does not notice this, nor does she. He says, "I am not a pawnshop. I am a ferryman."

In point of fact, the watch is a cheap plastic imitation Swatch and hence not worth more than 30 Euros. Furthermore, it is not new. However, the river crossing costs considerably less, so this item would be fair barter. However, the ferryman refuses to take it in payment, and so she leaves him.

The woman remembers the man in whose bed she lay just an hour before. She remembers that she left him sleeping in a fug of cologne water, his head burying into an off-white pillow that he'd hugged into a scrunched-up shape with his hirsute right arm. His grip was so tight that when she attempted to lift the pillow in order to pull out her black lace bra from under it she could not do so. Returning has the double advantage that she can reclaim this item of clothing without which she has felt rather self-conscious. The thought occurs to her that the crazy person on the bridge wanted to kill her because she was braless, but then she thought it strange that this same defect had not tempted the boatsman enough for him to offer to ferry her to the *rive droite* where she lives with her husband. She wonders if in the light of day she has lost her charms, of which she had once been justly proud.

By now she has walked back to her one-night stand. He opens the door, and she smells the stink of his slightly-alcoholised breath and hears his growl of displeasure at the sight of her. Although he thrusts the bra into her extended hand, he does not let her in. His response to her story about the madman on the bridge determined to take her life is to say something rather rude referring to a part of the female anatomy and to roar that from him she will not get a penny. The door slams on the tip of her nose. She does not have a key, nor would she have dared to use it if she had one. Repeated knocks do not result in his door magically opening.

A wizened old lady inhabits the apartment one door down. Her nose is both curved and elongated, a feature of one of those witches in fairy tales long ago; she has a habit of looking at the floor because of a hump on her back. In truth, she suffers from a crippling disease, just as had her medieval counterparts. Anyhow, this witchy old person opens her door and throws a pan of water on the woman, saying without looking upwards as she does so, "Shut the f*** up! You and your husband get on my nerves." The water is lukewarm, so the woman does not mind much. However, she quickly puts on her bra in a dark spot under the stairwell, as her blouse is nearly transparent when wet.

What can the woman do now? She is terrorized by the man on the bridge. The river currents are too swift to imagine a successful crossing by fording the river. Besides, although she received her *brevet de natation* in 2013, her breast stroke is rather feeble, and she can no longer remember how to crawl. Her husband will suspect her of infidelity if she is not, as always up to now, home and happily cooking a lovely lemon sole, his favourite, when he returns.

She remembers a former lover with whom she'd had a longer relationship. He also lives on the *rive gauche*, and he also is unemployed so most likely would still be at home at this young hour of the day. Off she walks to his apartment, drying out along the way. There he is, hanging up his clothing to air on an expandable metal stand on his balcony. "Oh hi Jacques," she calls, cheerfully.

He smiles, which made her flush with hope, but then he frowns, which makes her despair.

"Why have you returned? Doubtless you want something from me," he declares. The balcony is on the second floor; he does not need to raise his voice.

"Yes," she answers. "I need money to pay for a ferry crossing."

"Walk the bridge," he snarls, and his upper lip curls back on the left side, which the woman sees as the right side. She remembers this expression of his and knows that means he will never budge from his position. No need to mention the madman with a knife waiting for her on the bridge. She turns away with a shrug.

Convinced beyond a shadow of a doubt that to cross the bridge with the madman waiting upon it is to commit something tantamount to suicide, she does not follow her former lover's advice. Instead, her feet carry her in a direction away from the water, and once she turns a certain corner and sees the bonsai ornamental cherry tree at the dead centre of the roundabout, she remembers a former friend and admirer who lives nearby. Feeling fleet of foot, with a growing sense of relief, she fairly flies to his apartment building. Good luck is with her, and Alfonzo picks up the video phone immediately.

At the doorframe, he looks her over intently and says, "You are not the sexy young woman of my memories."

"I need your help, "she begs.

He replies with the same words all over again and shuts the door. It is hard wood, and even if she were to pound on it for the rest of her life she could never break it down. Understanding the intractable nature of the wood, she leaves slowly and determines to risk crossing the bride again. Perhaps the threatening person has vanished. Perhaps he will be already imprisoned by police officers for having threatened an undercover female police officer.

Our brave sad woman, let us call her Alicia, walks onto the bridge, her right hand reaching out for the security of its metal railing. The palm of her hand burns from touching the railing. The air is boiling hot. She walks rapidly, is half way over the bridge, does not see the madman who arrives from behind. She is stabbed, utters one short, sharp shock of a scream, dies quickly, hearing faintly, as she sinks lifeless to the asphalt, sounds of shock and dismay rising from an anonymous crowd.

Who is to blame for her premature death? I sincerely pass this question on to you. Is it not everyone and everything; was there not a conspiracy of indifference? Is this not a case of failed social morality? Alica´s right to live was violated by a random stranger who presumes there are no limits to free will. Her husband will be obliged to dispense money to bury her that would have been better used to keep the wheels of society turning, and the police will have to work on her dossier for several weeks to discover the motive for the crime or at least to find and incarcerate the murderer. But despite what the police will conclude, it is not exactly one murderer acting alone who is to blame but a succession of acts by indifferent people in her social environment which led to the murder. Who are these indifferent people? Am I to blame myself for her premature death?

Should you consider blaming yourself?

Responsable

Ich fand dich. In jedem Blick, den du mir zuwarfst. In jeder Berührung. Jedem Wort. Ich fand dich. Und verlor mich. Langsam. Das weiß ich heute. Aber ich verlor mich. Meine Art zu sprechen, die Welt zu sehen, zu sein. Langsam ging das, was ich anfangs als „natürliche" Anpassung abtat.

Natürlich, lass uns im Hochsommer ans Meer fahren und uns mit anderen übermotivierten Sonnenanbetern in die Sardinenbüchse zwängen, die du Strand nennst.

Obwohl ich die Hitze hasse.

Natürlich können wir Weihnachten bei deinen Eltern verbringen und die Stille der Unzulänglichkeit zwischen Krabbencocktail, Geheirate und Pastis mit unzulänglichen Erzählungen über den Auf- oder Abstieg deines Lieblings-Fußballvereins füllen.

Obwohl ich Fußball hasse.

272

Natürlich hast du Recht, wenn du sagst, dass man doch irgendwann mal genug vom Reisen haben und ankommen sollte. Ankommen in einem Haus mit Garten, Nachbarn, die sich etwas zu sehr für unser und etwas zu wenig für ihr eigenes Leben interessieren und Kindern.

Obwohl Kinder auf meiner Bucket List keinen der ersten Plätze einnehmen.

Die Selbstverständlichkeit, mit der du mir meine Träume absprachst und deine aufzwängtest, sie hasste ich an dir. Anfangs nicht, aber mit der Zeit. Anfangs, als unsere Leben sich schicksalshaft kreuzten. Klingt pathetisch. War aber genau so. Ich fand dich weder besonders attraktiv noch charismatisch. Mit deinen graublonden Haaren, den stahl-blauen Augen und deinem Schmollmund entsprachst du dem Beuteschema einiger Frauen. Meinem nicht, zu glatt, zu perfekt. Aber etwas an dir zog mich an. Immer näher zu dir hin. Zu uns. Einem uns ohne mich.

Und ich hasste mich. Dafür, deine verschwitzen Socken, vor der Waschmaschine kniend, kommentarlos zu entknoten. Dafür, mich gehen zu lassen, bis mich mein Spiegelbild anbrüllte: „Wer bist du?". Dafür, immer wieder eine neue Entschuldigung zu finden, warum ich eben gerade nicht alleine durch Europa touren kann. Und dafür, dir während unserer Streits nicht Paroli zu bieten.

„Wenn sich zwei streiten, zieht der eine den Kürzeren." Zumindest, wenn man meiner Mutter glaubt. Sie hat mit vielem Recht. Damit nicht. Ich zog nicht den Kürzeren. Ich kam gar nicht mehr zum Zug. Stand vielmehr am Bahnsteig und sah zu, wie das, was ich mein Leben nannte, an mir vorbeizog. Mit Höchstgeschwindigkeit.

Genauso schnell verlernte ich, dankbar zu sein für alles, was gut lief. Übersah, wie du versuchtest, Teil meiner Welt zu sein, die dich langsam ausschloss. Übersah, dass jedes Lächeln, das du mir zuwarfst, nicht mehr deine Augen erreichte. Übersah dich.

Jeder ist seines eigenen Glückes Schmied, sagt man. Der Schmied kann mich mal. Dachte ich und ließ mich fallen. Immer tiefer in den Opfertopf. Machte jeden und alles für meine Lage verantwortlich. Vor allem dich. Dich ganz besonders.

Denn ich stagnierte. Befand mich in einem Vakuum. Einer Blase, gefüllt mit Wut und Selbstmitleid. Getragen von einem Meer aus Unzufriedenheit trieb sie jahrelang immer weiter nach oben. Bis sie die Oberfläche erreichte und platzte. Bis ich platzte. Tobte. Dich anschrie, dass ich nichts mehr fühlte. Dass ich wieder fühlen wollte. Dass es das doch nicht gewesen sein konnte.

Heute weiß ich, dass ich damit nicht alleine war. Dass du dich auch nach mehr gesehnt hast. Mehr Sicherheit, mehr Nähe, weniger Konflikte. All das konnte ich dir damals nicht geben. Nicht mehr.

Während ich explodierte, bist du implodiert.

Unser Urknall hat kein neues Leben entstehen lassen, er hat unseres entzweit. Lange vor unserer Trennung, trennten sich unsere Wege. Ja, wir versuchten uns wiederzufinden. Wiederzulieben. Und dann ... gaben wir auf.

Ganz plötzlich war ich allein. Jeder mit jemandem, ich nur mit mir. Alles neu. Zumindest fast. Während meine gesamte Lebenssituation sich änderte, klopfte eine alte Bekannte an die Tür. In neuer Dimension, aber in regelmäßigen Abständen: Einsamkeit. Besonders sonntags. Montags war ich traurig und den Rest der Woche fühlte ich mich verloren. Ohne Kompass. Weit gereist, mit dem Kopf in den Wolken.

Und dann, ohne dass ich es bemerkte, änderte sich etwas. Meine Sicht auf dich. Auf mein Leben und deine Rolle darin. Ich verstand: Niemanden, außer mich selbst kann ich für mein Glück verantwortlich machen. Nicht mal dich. Das wird mir erst klar, als es nur noch mich und kein uns mehr gibt. Dafür danke ich dir. Ich verlor dich und fand mich. Wieder.

Otto

Otto was a blacksmith.

I was never a blacksmith. Blacksmiths smite things with hammers, and have arms as wide as tree-trunks. I'm solid but not that solid.

Otto was an urban animal, through and through. He was a dustman, as he called himself and some of the older inhabitants did too, or a refuse collector in the modern parlance. Either way, he was inevitably deep in the guts of the urban corpus.

Okay, I see your point. I wouldn't mind being a dustman. My dad and my uncle worked for the council, and my dad used to come home with all sorts of useful stuff. He actually did a few shifts on the back of the dustbin lorry, even if he was supposed to be in the recycling centre.

But me being a dustman doesn't work, technically. How did I stumble across the body if I'm emptying the bins? You're not suggesting it's in one of the bins? Bit trite that. Open the bin, wide-eyed gasp. Frantic waving to the lorry driver. It's all been done before. (Bin done before. Sorry, I just couldn't resist it. No, no, I'll focus...)

Whose bin is it? The perpetrator isn't going to dump the corpse in his own bin on Thursday evening, for it to be emptied first thing Friday, is he?

He would have to drag the body down some long suburban road and select a bin at random, lever said cadaver onto a nearby wall, open the bin lid, and in it goes, all hunched up. Bob's your uncle.

Except he's not likely to be doing that unseen, is he? So bin man's just not cutting it.

You've got to think through the implications of the set-up. What's going to happen, what's actually happening, what happened before. Each with its own perspective. And not just what, but how. You can't jot it down and see how it flows. You need a plan.

I know I've said it before, but if you're a witness and you're not appearing in court, you're only as good as the witness statement.

Otto was an urban animal, through and through. He worked at the city's only urban farm.

That's better. Though you know we don't have an urban farm here, not yet anyway, but you can't prove a negative, can you? People will just assume there is one but they haven't heard about it. And then they *will* have heard about it when they hear about me, so who knows, it may actually be created to cope with the new demand. Things happen like that, reality catching up with rumour, so then they can wag their heads and say life's stranger than fiction.

The farm's good. Better than dustman, technically. No fixed bin round, no week-long pauses in between the collections. (And we're lucky here; there's just fortnightly collections in many places. Perhaps you've never had to slum it in slightly less affluent cities with fortnightly collections and no croissants.)

Working at the farm, I could still be out and about, seeing things, interacting with people. I wouldn't need to be knee deep in compost the whole time, would I? And the corpse could even be a regular at the farm, I mean before becoming a corpse, obviously.

Otto was an urban animal, through and through. He worked at the city's only urban farm, where, if he was honest with himself, he knew he laboured long hours for low pay and seasonal sunshine.

They tended to give him the 'difficult' jobs, the ones the others didn't want to do. It was Otto who had to collect kitchen leftovers from the nearest care homes and the hospice and then tip the curdling mess into the farm's revolving composters. But actually, Otto didn't mind unduly. Topping up the composters might be like working as a refuse collector, the stink pursuing him as if it was an overdue fortnightly collection, but the end product was warm and friable, almost a pleasure to fork into the barrow. Sometimes, in a little marvelling at the transformation, he plunged in his hands up to his elbows. There was an elemental feel to new compost, Otto thought.

So, inevitably, he was deep in the steaming guts of the urban corpus.

Look, I know this isn't my job exactly. In fact it's your job to get the tone right as well as the sequencing of events. And then, if we're lucky, someone else might improve on it before it's sent off to the judge and jury, as it were. But even so, I thought I ought to... comment, to help you out a little, I hope.

Try and see it as me doing you a favour.

It's a bit variable in tone in parts. Only in odd moments, don't get me wrong. It's worth building on, I'm sure.

But you've got detail on kitchen scraps and composters in the first few paragraphs. Not obvious crowd-pleasers. You need to get that judge and jury desperate to turn the pages. I wonder whether the little hint of melodrama from the dustman stage wasn't better, you see what I mean? Hook them in.

Otto was an urban animal, through and through. He worked at the city's only urban farm, where, if he was honest with himself, he knew he laboured long hours for low pay and seasonal sunshine. They tended to give him the 'difficult' jobs, and of course it was Otto who managed the warm, ripe mounds of compost brought in from the municipal waste sites and piled against the far corner wall, away from the sensitive nostrils of visitors. So Otto was inevitably deep in the guts of the urban corpus.

He shared the day and his close quarters with other urban animals, half a dozen rare-breed sheep and four dwarf goats.

Otto mucked out the sheep and the goats. He tried to draw the line at pigs, and hoped that the farm would continue to avoid them, even pot-bellied ones that children love to look at.

Fine, you can have sheep and goats, useful image of the good and bad fighting for space in the same soul, or some such. But I wouldn't ignore pigs. For a start, they don't smell as bad as goats, I can tell you. And the little pot-bellied ones are cute, and bright as well. Bright enough to know a good deal when they see one. Cushy number, just snuffling and clowning around and people throw them high quality food. Could even be a hint at a metaphor, you know, snouts well and truly in the trough at the city council, for instance.

Send in the clowning pigs, I say.

Otto mucked out the sheep and the goats, and a brace of healthy little Vietnamese pot-bellied piglets. The piglets smelled warmly welcoming, and they were bright too, always knowing whether Otto had brought extra nutcake with him to distract them when he came to muck out their stall. He didn't want them in the way while he was shovelling, so he could get it done quickly. Mucking out was, after all, mucking out. Otto sometimes wondered what his father would think if he went back home and told him - after all that promise at school and afterwards (the world's your oyster, Otto, and don't you forget it) and here he was clearing out a pigsty.

Clever, I admit. If that's what you actually meant to do. Hinting at the Prodigal Son - you know: having to share the pig-feed before going home to unlimited fatherly compassion. And the bolshy elder brother, of course, who had never much liked the Prodigal because he didn't get his hands dirty. Of course he'd seen back then that all the women had preferred the younger one. Hardly surprising: clean nails, tidy hair, not covered in wheat and chaff and goat smell. He'd been only too pleased to see his younger brother disappear, so no wonder he was bolshy now: here was the Prodigal turning up again, and this time reeking of pigs. Yet still getting the family favours.

Yes, clever. And you can bring in the next biblical hint here too, Cain and Abel I mean. With a bit of role reversal.

So much promise, my dad said to me. I don't think he said that to my brother. But thinking about it, maybe he did too. Giving us both a fatherly confidence-booster, along with the boot up the backside. Crafty bugger sometimes, my dad.

But at any event, I told you the pigs would be useful.

Otto sometimes wondered what his father would think if he knew - after all that promise (the world's your oyster, Otto, and don't you forget it) and here he was clearing out a pigsty.

Otto would grit his teeth thinking of his father, who would always be more impressed with Otto's brother, Jan, and then look at Otto as if he feared all that promise unfulfilled.

And the difference in outcome was stark: Otto had ended up clearing out a pigsty while Jan ended up as mayor. Though of course Jan had then ended up dead.

Hang on. I know I said you had to hook them in, the judge and jury, but you've only just got going. Let the cat out of the bag this early... or the cadaver back in the binliner, more likely, going back to where we started from... do it this early, and you'll not sustain the attention for very long.

You have to lay out more of the foundation before just jumping in with my brother the corpse. You have to look back at events, and emotions, and then ground them in the geography - you know, so the setting drives the story. The old city with its abrupt precipices and chasms. The shiny new steel-and-glass quarter with its flats for the gaspingly rich - things my brother the mayor would want us to be proud of, and almost obscuring the patch of traditional destitution by the station, with its flow of drugs and prostitution. That's where you'd site the urban farm, no doubt.

Meaningfulness all round. And mitigating circumstances, probably, too.

I thought you knew all this.

So: we need more on the bullying elder sibling scratching his way up, prospering. And the resentful younger brother, possibly *violently* resentful or at least you're probably going to hint this, the better to deny it. And I'd deny it very strongly, myself.

Like I said before, my life depends on you getting it right, persuading them. They've got to like me a little if they're going to believe in me. And for that, it's your words that count.

Otto would grit his teeth thinking of his father, who would always be more impressed with Otto's brother, Jan, and then look at Otto with that familiar expression of disappointment. Of promise unfulfilled.

Jan was, by this time, mayor. Otto had no idea how he had managed to scratch his way up the scaffold of city politics, but Otto was resentful. All those years he had endured Jan's fists and scorn in equal measure, equally unavoidable. Nowadays, Jan would probably not bother with his fists, just the scorn. But by now, Otto could himself return the compliment in physical violence. He was in far better shape pushing a barrow than Jan was behind his bureaucrat's desk, fat from too many municipal dinners.

For God's sake, aren't you listening? I said persuade them. Not just say I'm going to be physically violent. I'm not, or haven't been for a long time. You need to bring them over to my side, make them absolutely convinced I'm being fitted up for the murder, if murder it really was. Show them the prejudices of the authorities: on the one side, their colleague the mayor; on the other side, the younger brother, more sensitive maybe but slightly off his rocker, working in the urban farm, for crying out loud, can you imagine the stink?

Then when everyone's onside, you give them just a hint that I might, after all, unexpectedly, be involved. And then you snatch it away again, make it obvious, tear-jerkingly obvious, that I'm being persecuted. I am. It was Jan, not me, who said 'Am I my brother's keeper?' when someone asked why I was shovelling muck on the farm.

I'm not supposed to be doing the teaching here. But I'm bloody well hitched to your wagon, and we need to get it right. *You* need to get it right. I told you: you have to plan it, then work it, then write it down. You can't do it the other way round, for God's sake. Don't you know anything? Not even with all that experience and those national awards you boast about? Who the hell are you?

By now, Otto was in far better shape pushing a barrow than Jan was behind his bureaucrat's desk, fat from too many municipal dinners. By now, Otto was ready to return the compliment of his brother's scorn by intense, physical violence.

Jesus, what are you doing? I'm not having this. We agreed, didn't we?   Didn't we? We did.

You're the one fitting me up now. All this crap about intense, physical violence. Take it out. Nobody else is on my side if you're not, for God's sake.

I just clean out the pigs.

By now, Otto was ready to return the compliment of his brother's scorn by intense, physical violence.

No! I warned you. I bloody well warned you, you effing dolt. You really don't listen, do you?

Get off me. Get off.

Bit stupid that, seeing how I'm in such great shape. I can do that too. See? See? Bloody well see?

See now?

D'you see? Come on, answer me. Slap you a bit on the cheek, so you can turn the other one. Just right for you, that would be. Holier than effing holy.

Come on, it wasn't that hard. Come on, say something. It's not Cain and Abel here, you know. You were supposed to be looking after me. Or was it the other way round?

Hello, say something.

Anything.

Oh my God, what have I done?

Shit.

I told you, I'm not having this. I needed you, but you're no different. Without me, people like me, you're nothing. And now look at you.

I don't have to take this crap, do I?

Nobody's going to find you here. Disappear, just like that. You first, then me for a while maybe.

It's pitch black outside, all that skinflint mayor's fault - not enough investment in street lighting. You could drag a body down the street and select a bin at random, heave it in, nobody would see much more than a couple of shadows. A couple of drunks.

People never saw a thing.

Otto wasn't ever a dustman. And who says my name was Otto?

Six-Word-Stories auf Luxemburgisch

(mit Übersetzung)

Ass si gefall? Wann dach, firwat?
Ist sie gefallen? Wenn doch, warum?
Est-elle tombée? Si c'est bien le cas, pour quelle raison?

*

Si huet oniwwerluecht de Revolver geschléckt.
Sie hat unüberlegt den Revolver geschluckt.
Elle avala le revolver sans y réfléchir.

*

Ouschterblummen waren a sengem Graf
ungklécklech.
Osterglocken waren an seinem Grab fehl am Platz.
A sa tombe, des jonquilles étaient incommodes.

*

De Vollmound gouf wéinst Doutschlag ugeklot.
Der Vollmond wurde wegen Totschlag angeklagt.
La pleine lune fut accusée d'homicide.

Zuhören

Eine Kurzgeschichte soll ich schreiben. Was ist eine Kurzgeschichte? Muss ich jetzt ellenlange Seiten vollschreiben? Nein. Ich sitze hier im kreativen Schreibkurs und setze mich jetzt nicht unter Druck. Meine Aussicht auf das sonnenbelichtete Schloss, den riesigen Schlossplatz, die Bars und Restaurants, wie die Tomate oder das Café am Schloss und die Telefonzelle mit den wunderbaren Büchern zum Ausleihen, geben diesen gestressten Gemütszustand doch gar nicht her.

Ich erzähle euch jetzt, wie es ist, wie ich empfinde, wie das bei mir ist. Man kann doch gar keine Fehler machen, auch wenn es das erste Mal ist. Man kann nur lernen und Verbesserungen machen oder angehen. Alles zu meinen Gunsten, für meinen Erfolg.

Ja, ich möchte erfolgreich sein, gut sein, mich gut fühlen, Liebe verspüren, mein Herz pulsieren hören oder auch spüren. Ich liebe diese Möglichkeiten als Mensch – wie besonders sind wir bitte? Wie glücklich können wir uns eigentlich schätzen – wir haben so tolle Möglichkeiten, das Glück und die Freude oder Liebe zu spüren, wenn nicht sogar zu sehen... naja. Worauf will ich hinaus?

Ich soll eine Kurzgeschichte schreiben. Meine erste Kurzgeschichte? Ich hatte keine Erwartungen, als ich zu diesem Kurs der VHS ging. Also, muss ich jetzt Figuren erfinden? Einen Ort, wo sie sich befinden... Wo soll das sein? Wo will ich hin? Wo soll die Reise hingehen? Ich weiß nicht, ob ich der Typ für Kurzgeschichten oder Geschichten allgemein bin. Es ist noch ungewöhnlich, die Autorin meiner eigenen Geschichte zu sein, doch einer meiner Ziele? Deswegen schreibe ich gerade mal irgendwas. So kommt man, bekanntlich auch nach Rom – alle Wege führen nach Rom, oder? Also. Wo will ich hin? Nach Rom? Und wer will ich wieder sein? Eine Autorin! Darf ich das?

Ich stelle diese Fragen, weil es Vorgaben gibt: der Saar-Lor-Lux Raum ist klar. Oder? Welche Gebiete sind das eigentlich? Saarland,

Luxemburg und? Was ist das dritte? Sind es überhaupt drei? Ich verwechsel da was. Ich denke gerade an die Benelux-Staaten. Belgien, Niederlande und Luxemburg? Ok, mit Erdkunde hab ich es nicht so. Andere würden sagen, das ist Allgemeinwissen. Ich sage dann, `ja kann sein`, und doch gibt es andere Dinge, die mir eher hängen bleiben sollen... doch das heißt nicht, dass ich mir nicht merken kann, wie die Abkürzungen heißen... „du sollst nicht merken", schreibt Alice Miller, eine Autorin, die wir im Kurs hier kurz angesprochen haben. So heißt ihr Buch.

Ich will euch was erzählen. Es fängt damit an, dass ich nicht weiter weiß.

„Wie? Wie kannst du so anfangen?", fragen mich Neugierige, die gerade gespannt waren, was ich zu erzählen hab. Ich lache und finde es toll, wie neugierig ich sie gemacht hab. Es tut mir aber auch leid, dass ich nichts zu erzählen hab. Bzw., dass ich nicht weiter weiß... vielleicht haben sie ja ein wenig Mitgefühl und verstehen, wie schwer es sein kann, nicht weiter zu wissen. Wenn man Blockaden hat, Aussetzer, Schleierwolken den Gehirnnebel bilden.

Im Fluss sein, das ist ein schönes Gefühl. Genau zu wissen, es fließt. Und wenn es mal nicht fließt, geraten wir ins Stocken. Wohin führt das? Naja, es endet in der Unsicherheit, im Selbstzweifel, Ängste... Wie komm ich da raus – das ist immer wieder mein Ziel und mein Wille neben der Autorin. Bin ich sie eigentlich schon gerade? Ich weiß, ich bin nicht perfekt und in den Augen vieler anderer ist das, was ich tue, noch unverständlich. Doch so ist das dann. Vielleicht liegt das daran, dass sie ihrem Mitgefühl noch nicht auf die Schliche gekommen sind. Das soll ok sein, auch wenn sie mit Anschuldigungen oder Missgunst kommen. Ich verzeihe ihnen. Was können sie schon dafür, wenn sie es noch nie richtig gelernt haben, auf ihr Mitgefühl zu hören?!

Mich haben es die Engel gelehrt. Das Mitgefühl zu bewahren, sowie die Ruhe und Zuversicht. Das Vertrauen in andere, aber vor allem das

Vertrauen in mich selbst. In meine Stärke, meine Stärken!

Ich will keine Geschichte schreiben, so wie es andere von mir wollen. Allerdings ist es auch eine Sache des Betrachters, was vorgegeben wird, wird mir soeben, gerade jetzt, bewusst. Ich muss nicht so eine Geschichte schreiben und das kann sich auch wieder ändern... Wer hat mir schon zu sagen, was ich tun soll... Jetzt mal extrem gesehen, was soll im schlimmsten Falle schon passieren, wenn wir tun, was wir wollen? Dass wir Leid erleben, Schmerzen, Gefängnis, Tod? Ist das denn das Schlimmste? Oder gibt es in Wahrheit nichts so krass Schlimmes, dass es nicht für irgendetwas gut ist? Mein Papa sagt immer: „Nichts ist so schlecht, dass es nicht für irgendetwas gut ist." Was meint er damit? Ich denke, dass jede Erfahrung etwas Gutes bereithält. Auch wenn die Erfahrung mit Schmerz verbunden war oder psychischem Leid oder Unsicherheit... alles kann uns etwas lehren und wie wundervoll ist diese Vorstellung bitte? Gibt es dann überhaupt das Böse in Anbetracht dieser Tatsache?

Jedenfalls bin ich nicht der Typ, der tolle Geschichten schreibt (oder tue ich es bereits?). Ich freue mich, dass andere das Talent und die Gabe dazu haben und ich bin auf jeden Fall eine Verfechterin des Zuhörens... davon gibt es meiner Meinung nach noch nicht viele, die das richtig gut können. Zuhören!

Man darf sich keinen Druck machen. Wenn sich etwas gerade nicht gut anfühlt, dann passt es halt noch nicht, oder?

Zorn verraucht, Hass verbrennt

Endlich Feierabend, schnell die Tasche gepackt, mein Bus fährt in fünf Minuten. Ich muss mich beeilen, will ihn auf keinen Fall verpassen. Unsere Sekretärin ist bereits nicht mehr in ihrem Büro. An den anderen Zimmern laufe ich lautlos vorbei, bloß keine schlafenden Hunde wecken.

Im Treppenhaus dann ein schneller Blick zur Seite, hoch zu seinem Büro. Die Rückenlehne seines Drehstuhls ist mir zugewandt. Mein Chef sitzt hinter seinem Schreibtisch, die Füße wie so oft auf der Tischplatte, die unaufhörliche Rauchsäule seiner Zigarette kräuselt sich über ihm bis an die Zimmerdecke.

Ich murmle ein kurzes Tschüß, in der Hoffnung, dass er in Gedanken vertieft ist und mich nicht hört. Doch keine zwei Treppenstufen später ertönt es schon: „Du mich auch!" Wie oft ich das gehört habe. Wie sehr ich es hasse, wenn er sich so verabschiedet. Am liebsten würde ich ihn anschreien. „Ja, genau,

Du kannst mich mal! Du und Dein ganzer Scheißverein hier."

Bisher blieb ich jedoch immer stumm, auch wenn es in mir kochte. Mein Ärger begleitete mich dann meist bis zur Busstation, manchmal sogar die ganze Fahrt über bis nach Hause. Doch heute ist etwas anders. Heute nicht, denke ich.

Ich drehe mich um, gehe die paar Treppenstufen zurück, hoch in sein Büro und trete neben seinen Schreibtisch. Ich mache den Mund auf, um ihm etwas entgegenzuschleudern, doch statt eines Menschen mit Armen, Beinen, Rumpf und Kopf sitzt da eine lebensgroße, gelblich verfärbte Zigarette, die mich aus starren schwarzweißen Comic-Augen anschaut.

Verdutzt halte ich inne. Seine abgewetzten braunen Lederschuhe, eben noch auf dem Tisch, stehen wie angewurzelt auf dem Boden, erscheinen übergroß und unpassend, erst recht, da keine Beine zu sehen sind. Statt

Armen wachsen kleine, wulstige Hände aus den Seiten, die in weißen Handschuhen stecken. Der Mund ist lediglich ein schmaler Streifen, der versucht, etwas zu sagen.

Ich verstehe es nicht, es klingt verzerrt und fremdartig. Ist das eine Bitte um Hilfe? Um aus dem Stuhl heraus zu kommen, was ihm alleine nicht gelingt? Immer wieder wandern seine großen Augen verzweifelt nach oben, dorthin, wo statt eines Haarschopfes verglimmende graue Asche zu sehen ist. Langsam, Stück für Stück verglüht er und zerfällt zu Asche. Unaufhörlich, ohne es stoppen zu können.

Ich betrachte das Schauspiel in aller Ruhe und schmunzle. Erst verglühen die Augen, dann die Hände und schließlich der Rest. Alles geht in Rauch auf. Einfach so, lediglich von einem leisen, kaum hörbaren Knistern untermalt. Auf dem Boden sind die Umrisse seiner Schuhe unter einer Schicht grauer Asche noch zu erahnen.

„Du mich auch!", sage ich, drehe mich um und gehe. In ein paar Minuten fährt der nächste Bus. Ich freue mich schon auf die Fahrt.

Ich wünschte, du wärst tot!

Wo fang ich am besten an?

Auf den Spicherer Höhen oder Nassau, Bahamas? Bei den Festspielen in Bayreuth oder dem Palio in Siena? Im Olivenhain über den Dächern von Nizza oder dem Hörsaal der philosophischen Fakultät Frankfurt?

Überall hab ich dich geliebt. Eigentlich hab ich dich schon geliebt, bevor wir uns trafen. Heute weiß ich, dass so etwas möglich ist. Heute weiß ich auch, dass DU so etwas nie verstehen wirst. Ich glaube heute sogar, dass du mich nie verstanden hast. Aber lass mich zurück zum Anfang gehen – wir haben ja Zeit. Heute läuft niemand von uns beiden mehr weg. Schon gar nicht mehr voneinander. Das haben wir lange hinter uns.

Ja, der Anfang unserer Geschichte liegt in meiner Kindheit: Weil ich dich damals schon gesucht habe. Ich erträumte mir einen Freund; keinen Prinzen, wie andere Mädchen, keinen Helden oder Retter. Weil ich damals ja gar nicht wusste, in welcher Not ich war. Ich wollte einen Freund, wie andere meiner Freundinnen vorgaben, schon einen zu haben. Aber wenn die sich bei mir brüsteten, was sie dem so alles zeigten – oder gezeigt bekamen, ließ mich das kalt. Weil, das kannte ich doch schon alles. Ich wollte einen Freund zum Reden; meine kleinen und großen Geheimnisse zu teilen.

Ich suchte jemanden, dem ich v e r t r a u e n konnte. Aber wieso dachte ich damals in Frankfurt, dass du nun endlich der Richtige seist? Ich weiß, ich weiß – nicht du bist mir hinterhergelaufen, sondern ich dir. Je mehr du mich zurückgewiesen hast, desto mehr bin ich gelaufen. Warum sollte ich nicht zum Kreis deiner Auserwählten gehören? Du warst doch mit jeder ... Ich aber hoffte, dass ich die

Richtige für dich wäre und deine Suche ein Ende finden würde.

Weißt du noch?

Ich hab dir sogar Geschenke gemacht – und du mir? Deine Art von Geschenken haben mir immer weh getan. Hattest du mich dafür geheiratet? Geliebt hast du mich nie, das weiß ich heute. Heute weiß ich nicht nur, warum ich dir nachgelaufen bin, mich schlagen und beißen gelassen habe. Ich weiß sogar noch mehr: Jemand wie du kann nicht lieben. Du hast weder Respekt vor dir noch vor anderen.

Und wenn ich an dich denke, dann bleibt in meiner Erinnerung: eine immer blasser werdende Hülle voller Schleim, Demütigung, Verachtung, Gier und ... mir wird schlecht.

Ich wünschte, du wärest tot!

Träume sind Schäume ...

fast ein Drabble

Wieder saß sie im Traum an einer alten Schreibmaschine; mit Farbband und ohne Korrekturtaste. Sie schrieb wie immer ganz schnell und mit ganz vielen Fehlern. Die Männer, wie so oft ein Präsident und andere in schwarzem Anzug und Krawatte, machten sich lustig über sie. Durchgefallen.

Die nächste Übung hieß wie immer: Betten machen. Aber sollte sie auch das untere Spanntuch frisch machen? Sie schaffte es – unter großen Schwierigkeiten. Das Tuch wollte nicht passen. Dann, als sie es endlich aufgezogen hatte, war es besudelt. Sie suchte ein neues und versteckte das alte. In dem Versteck waren schon ganz viele – alle mit denselben Flecken. Jetzt erkannte sie sie. Ihr wurde schlecht, wie immer in diesem Traum.

Überall waren wieder die Nadeln. Sie stach sich in die Finger, und Blut tropfte auf braune

Flecken. Dann war alles rot. Und sie wurde immer kleiner.

Aber sie wusste genau, wenn sie ihre Ärmchen nur schnell genug bewegte, würde sie es schaffen – wegzufliegen.

Es war einmal ein kleines Mädchen

Das kleine Mädchen wohnte in einem schönen großen Haus. Mit einem schönen großen Garten und vielen anderen Menschen: dem Papa und der Mama. Dem Opa und der Oma. Alles war schön im Leben des kleinen Mädchens. Viele Leute, die sie beobachten konnte. Den großen Bruder bewunderte sie ganz besonders. Der traute sich sogar zu reden – was sonst eigentlich nur der Opa tat; der konnte so schön erzählen. Wenn Opa sprach, hörten die anderen zu, sogar sein Bruder – einer der vielen Onkel vom kleinen Mädchen. Damals wusste sie noch nicht, wer „Onkel" und wer „Großonkel" war. So, wie sie immer glaubte, drei Großväter zu haben, weil der Vater von Oma auch noch mit am Tisch saß. Viele Leute – und so viel zu erzählen. Aber sie selbst traute sich lange lange nicht zu reden. Sie hörte viel lieber zu.

Warum das so war? Ich will es euch erzählen:

Das kleine Mädchen wusste lange Zeit nicht so genau, wo sie hingehörte. Das Haus, in dem sie auf die Welt gekommen war, war zwar groß, aber doch wieder zu klein. Das kann man nicht sofort verstehen. Das kleine Mädchen hat das auch erst viel viel später verstanden. Sie hatte keinen Platz. So lange – keinen eigenen Platz. Aber die anderen haben ihr auf ihre Art geholfen: Als Baby legte man sie in einen wunderschönen Stubenwagen. Das war kuschelig und heimelig. Die Onkels und Tanten und Cousins und Cousinen, die drei Großväter und sogar Nachbarn, alle kamen sie nach ihr schauen.

„Was für ein schönes Baby!"

Und dann wurde aus dem Baby ein kleines Mädchen, und der Stubenwagen zu klein. Wohin mit dem kleinen Mädchen, fragten sich da Mama und Papa. War denn das Mädchen so schnell gewachsen, dass es ganz plötzlich zu groß für den Stubenwagen war?

Wo sollte es nur schlafen? Heute noch fragt sich das Mädchen manchmal, warum sie nicht einfach einen Hundekorb hatte bekommen können. Das wäre doch so einfach gewesen ...

Auf jeden Fall vermisste das kleine Mädchen die große Sicherheit hinter den kleinen Vorhängchen mit Spitze und Volants.

Wie gut, dass Papa und Mama eine Idee hatten: das Stübchen! Ein Raum mit Durchgang vom Esszimmer, in dem seit sechs Jahren schon das Brüderchen vom kleinen Mädchen schlief. Es war kein Kinderzimmer; aber trotzdem schön: Da gab es eine gelbschwarz gestreifte Couch. Es gab Bücherregale und einen Musikschrank – aber es gab keinen Schrank für Kinderkleider oder Spielsachen. Trotzdem war alles wunderbar. Und alle schienen zufrieden: Mama und Papa, Oma und Opa, Brüderchen und Schwesterchen ...

Und was war das gemütlich für das kleine Mädchen. Aus der Sicherheit des Stubenwagens in die kuschelige wohlige Nähe vom Brüderchen zu kommen. Es war alles schön und warm und aufregend und ganz viel Neues zu entdecken: Das Brüderchen sah an bestimmten Stellen unter der Bettdecke ganz anders aus als das kleine Mädchen. Und er zeigte den Unterschied auch gerne und sagte dem kleinen Mädchen, es könne ihn ruhig dort anfassen und mit ihm spielen. Und weil der Arme wohl ein Problem hatte, nämlich Pipi ins Bett, hatte er von den Doktors der Uniklinik, in der er manchmal war, so einen kleinen Apparat bekommen. Da war ein Draht zwischen dem „Spielzeug", aus dem auch sein Pipi kommen konnte, und einer kleinen Batterie in seinem Schlafanzugjäckchen; und wenn er denn einen Tropfen fallen ließ, zuckte er ganz schnell zusammen, wurde wach, schrie kurz auf und musste auf Toilette gehen.

War das nicht alles toll und aufregend für das kleine Mädchen?

Aber es kam noch viel interessanter im großen schönen Haus. Als das kleine Mädchen unge-fähr drei Jahre alt war, vielleicht war sie auch erst zwei, ich werde sie das nächste Mal fragen, wenn ich sie treffe - da ging sie doch auch so gerne und so oft ins Elternschlaf-zimmer. Sie pendelte zwischen der Schlaf-couch und der Ritze im Elternbett, und bald wurde die Ritze ihr Lieblingsplatz. Mama war da meist schon nicht mehr im Bett, die musste doch Frühstück richten oder sonst was TUN. Das kleine Mädchen liebte es, zum Papa zu gehen und sich das Bäuchlein streicheln zu lassen.

Was war das schön – die wohltuende Wärme der großen starken Männerhand. Nur, dass es beim Bäuchleinstreicheln nicht geblieben war, das hat das kleine Mädchen erst später gemerkt.

Mit dem Finger hatte es auch gar nicht weh getan.

Das, was ihr als „Spielzeug" vom Brüderchen so gut gefallen hatte, tat aber plötzlich weh wie ein Messer. Und einmal blutete es sogar, als hätte sie sich geschnitten. Und dann kam die Zeit, dass sie sogar Angst bekam vor dem Spielzeug. Vor allem, wenn es plötzlich ganz groß wurde. Und in ihren kleinen Körper passen sollte. Und es weh tat. Und sie weinte. Und keiner sie hörte. Und dann kam der Geruch.

Erst, wenn er endlich aufhörte und vor Freude schrie, war auch sie froh, dass es vorbei war. Bis zum nächsten Mal. Weil ... ein braves Mädchen macht ihrem Papa Freude. Immer wieder.

Nachdem das kleine Mädchen zu groß war für die Ritze, bekam sie tatsächlich ihr erstes eigenes Bett. Aber da war ihre Geschichte schon geschrieben. Denn die wichtigsten Grundlagen für ein Menschenleben werden in den allerersten Jahren gelegt und sogar noch davor.

Teil 1: Omnium de Gestion et de Financement (OGF)

Je suis d'origine lorraine et je m'appelle Jean-Marc. Je ne voulais jamais quitter ma région natale, surtout pas mes parents. Mais Jussey, où j'ai enfin trouvé un boulot, une toute petite ville en Haute Saône, n'est pas trop loin de la Meurthe-et-Moselle. Ca ne me prend même pas une heure pour arriver chez eux, à Bouzonville. Ce que je fais tous les week-ends.

Aujourd'hui, samedi, je ne peux pas y aller, car c'est "porte ouverte" dans ma boîte. En fait, ce n'est pas une boîte. OGF est le plus grand fabriquant de cercueils en Europe. Saviez-vous qu'OGF a pris des engagements environnementaux pour produire de façon exemplaire ? Je le sais, car je travaille dans la production, pas dans les bureaux. Nos cercueils en bois massif sont fabriqués en France selon un processus industriel qui respecte des critères précis comme l'utilisation de bois locaux issus de forêts gérées durablement. OGF s'engage également à rechercher des alternatives plus respectueuses de l'environnement avec les fournisseurs de teintes et vernis...

A propos des vernis... il faudrait voir notre nouvelle collection. Elle est sublime : ce magnifique rouge cerise, ce violet de velours ecclésiastique, ce vert printanier, ce bleu d'une nuit d'été et ce jaune moutarde de Dijon.

Il y a de plus en plus de couleurs, mais moi, j'en ai choisi un rouge. Parce que ça va plaire aux parents. Papa aime les cerises et maman les confitures de fruits des bois. Je ne leur ai pas dit que le médecin n'a plus d'espoir pour moi : quelques mois tout au plus.

Moi, personnellement, j'aurais choisi un cercueil vert... j'étais toujours plein d'espoir. On verra bien.

Teil 2: Die verlorenen Särge, oder - Arc- en- ciel

Je viens d'être licenciée, hélas. Et l'entreprise où j'ai travaillé n'était pas en tort de me mettre à la porte. Peut-être vous connaissez la boîte. Déjà mon frère y a bossé. Et lui, il a toujours dit que OGF n'est pas qu'une boîte et il m'a toujours corrigée, tout le temps et pour tout. Il a dit que OGF est le plus grand fabriquant de cercueils en Europe, avec une production de 80.000 par an. Boff, ça peut quand-même être une boîte. Mais soit !

Je ne veux plus me bagarrer avec lui. Et ce qui est plus grave, je ne peux plus me bagarrer avec lui. Il est mort. Depuis 6 mois. Nous l'avons enterré dans un de "ses" cercueils. Avant son arrêt maladie, il s'occupait des vernis arc-en-ciel des cercueils, spécialement la gamme verte. Il était optimiste, jusqu'à la fin. Je l'aimais bien ... je l'adorais.

Je n'aime pas les histoires trop longues. Je ne lis jamais des romans, seulement des histoires courtes, celles que les anglophones appellent "short stories". Je les adore. Mon frère m'a laissé toute sa collection. Il a dit qu'elle pouvait m'inspirer à écrire; d'après lui j'avais les ingrédients pour réussir: une imagination sans limite, une faculté de création et l'ultime atout: je ne connaissais ni crainte, ni règle.

C'est comme ça que j'ai eu l'idée de l'arc-en-ciel:

C'était une petite commande qui devait être livrée le jour même à Metz. Une trentaine de cercueils de toutes les couleurs. J'ai bien fait mes recherches pour trouver le plus beau coin sur la route de Jussey à Metz. L'aire s'appelle V*allée du renard.* Mais pour y arriver je devais d'abord "kidnapper" le camion. Car normalement je travaille au bureau de OGF, pas comme mon frère dans la production. Mais c'était facile. Je connais bien le chauffeur, Toni. Je n'ai même pas demandé les clefs – je ne voulais pas le mettre dans le pétrin. Je les ai volées.

J'avais bien choisi mon jour: plein soleil, bonne température, ni trop chaud, ni trop froid. Deux semaines avant les vacances d'été. Très important, car il ne me fallait pas trop de monde, ça risquait un scandale trop rapidement, mais juste assez pour avoir du public. Mon frère aimait beaucoup les réseaux sociaux: facebook, instagram, snapchat, tik-tok et you-tube.

Alors je lui ai fait un cadeau: J'ai laissé glisser les trente cercueils dans l'herbe ... c'était tellement beau à voir comme ils se précipitaient vers le sol, comme ils se mélangeaient: les rouges avec les jaunes, les verts sur les bleus ... comme des bonbons smarties. Dans la commande il y avait même des oranges et des violets.

Depuis ce moment magique que jai nommé: les *cercueils perdus* ... j'ai énormément *d'amis*, des *likes* et même des *followers*. Pas trop chez

OGF, mais partout dans le monde. Tous les jours je raconte des histoires de mon frère et de moi à des gens que je ne connais pas. Eux ne savent pas si mes histoires sont vraies ou inventées. Comme le titre de la vidéo qui est devenue culte sur tous les réseaux sociaux:

Cercueils volés ou perdus ?
Moi, je les ai volés et OGF les a perdus ...

Madeleine

In the end it was Madeleine.

She had a long practised nocturnal routine of carefully inspecting the flat she shared with Madame Pritchert before settling in her bed to sleep — usually at around two in the morning. The Belair neighbourhood where the two of them lived together leaned towards quiet even in daylight; in the wee small dark hours, it was almost tomb-like. The odd sounds of his picking the lock as she completed her check of every cranny were soft, but nevertheless startled her. Immediately sensing she had not enough time to get to the bedroom, she quickly tucked herself into the corner just beyond the Art Deco sideboard at the far end of the room, crouching silently in the dark, making herself as small as possible.

> Her efforts were successful.
> He did not see her.
> He did not sense her presence.
> *

His careful surveillance had given no indication that Madeleine also lived in the apartment. Madame Pritchert kept mostly to herself and the neighbours in the building only saw her in the corridor from time to time.

Madeleine had always been shy and few of them had ever seen her.

*

Very little evidence was discovered at the scene. It was reported that a witness had — possibly — observed an 'average looking man' walking by slowly in front of the building a few times in the days before.

Or was it a couple of weeks before that?

Being brought in for questioning was something of a surprise, but it didn't particularly concern him. The Luxembourg Police frequently rounded up arbitrary hcrds of people to interview when they were grasping at straws.

In that first interrogation, his lawyer, smiling, pressed the point, politely asking the inspector whether she intended to interview the many thousands of other 'average looking men' who may or may not have been in the immediate area at some point in the previous weeks and months — or, 'Just my client?'

*

Always a skilled and consummate professional, he took great pride in the meticulousness of his work. Every potential element was considered and every step planned to an excruciating degree.

He did not make mistakes.

His reconnaissance had been impeccable. Madame Pritchert's building backed up to a closed off small and immaculate communal area, lit by a motion-detector light after dark. The fire escapes were old and rusty and whilst no doubt functional (this was Belair, after all), they would be noisy.

Too noisy.

The front door, as expected, required being buzzed in by someone. Belair was not a neighbourhood where residents released doors for just anyone, but he hid and he watched and he waited until someone exited and he was able to grab it before it completely closed.

He temporarily disabled the mechanism with a small strip of black gaffer's tape.

These things, he knew, would not usually be noticed for a couple of days.

Plenty of time.

*

Madame Pritchert had the occasional visitor, but lived a quiet life and always turned in at the same time — right after the late news, he surmised. He assumed she was a widow. She obviously lived alone and he guessed that in the past she and the late Monsieur Pritchert might have enjoyed their evening's warm milk and brandy as they watched a summary of the day's important events.

She was, he'd learned, recently retired, after a career as some sort of administrator. Whilst he neither knew nor cared what kind, he assumed the financial sector. This was Luxembourg. The important details, the relevant details — how to get into the building, the type of lock on her door, and most importantly, her routine — he learned through discreet and painstakingly methodical observation.

She proved no particular difficulty.

It was done quickly and quietly.

*

As the 'forensics team' combed through his apartment, he stood outside, cheerfully ribbing 'Officer Charbonneau,' the obvious rookie assigned to make sure he didn't flee.

They would find nothing. There was nothing to find. His clothes, his gloves, his cap, his mask, everything, was gone.

*

Regardless, he resolved not to take another job for a while. It had been a good year and he didn't really need the work. Being greedy or allowing himself to become too busy could lead to carelessness.

'Once this is taken care of,' he thought — for the police and legal nuisances would be resolved quickly and dismissed — 'I may do a little travelling, take a nice relaxing trip somewhere. It would be a pleasant break.'

Later, as he rode the groaning elevator up to the interrogation rooms with two accompanying officers, the idea struck him that 'the beach would be lovely.'

'Somewhere with less rain.'

*

The inspector in that first interrogation seemed muted, perhaps knowing that she had nothing with which she could charge him and only the thinnest of reasons even to question — let alone hold — him. He could tell she knew full well a judge would order him released in a matter of minutes.

Someone smothered Madame Pritchert with her pillow and the inspector insisted it was him, but, his lawyer stated with assurance through an oily smile, it was not his client.

Eventually defeated, the inspector nodded slowly. She closed the thin folder of documents on the table in front of her and sighed in defeat.

*

He celebrated with dinner at his favourite Thai restaurant that evening. In Belair.

*

His arrest came as a complete surprise. He was certain he was well in the clear.

'They have no evidence,' he insisted to his lawyer, who agreed and re-assured him.

'This is harassment, nothing more. The media are all over them to solve this and they are getting desperate.'

The inspector blandly rotated through the same measly crumbs as before; his lawyer's tone became more and more derisive.

Seemingly thwarted again, the disheartened inspector finally sighed, slumping in her chair. No one spoke for a few moments.

His lawyer broke the silence. 'We'll be going now. I trust this is the last time my client needs to go through this charade.' In triumph, they rose and stepped to the door. Just as the attorney reached to open it, the inspector quietly asked her final question.

'Do you own a cat?'

*

In the end it was Madeleine who cracked it, who finished him.

Madame Pritchert kept a tidy home and lovingly brushed Madeleine's coat every day. But it was spring and the decidedly standoffish and somewhat rotund (but only somewhat) eight-year-old long haired tortoiseshell cat was shedding. Madame Pritchert increased the brushings to at least twice a day, but it was thick fur and even at her most diligent, some tufts would inevitably escape and cling to the furniture, the small carpets, everything.

Just as he did not notice Madeleine dashing into her corner to hide, he did not later notice the few small clumps of fur that attached first to his trousers, then to his sofa. The couple of wisps that broke free and drifted around his living room with every minor disturbance of the air were likewise invisible to him.

His lawyer argued vigorously that no usable DNA could possibly be obtained from shed cat hairs and that there were certainly dozens of reasons why loose cat hairs would be found in an apartment in which there had never been a cat. The prosecutors casually conceded both points, but noted that there was no alibi, no friends to speak on his behalf.

The evidence was circumstantial, but he knew — and his lawyer reluctantly confirmed — that a judge would probably convict on far less. The proffered deal left a possibility of parole in some distant future, when with luck, he would still be healthy enough to enjoy the money he had hidden from all the other jobs about which the police had no idea.

'Maybe a place on the beach,' he thought.

'And a dog.'

A Covenant

"Forty-five years," Scott thought. "Four-and-a-half decades."

"Only a few relatives have known me longer."

"But they don't know me nearly as well."

When they first met, Kieran, Theo, Axel, Luke, and Scott were eleven. Girls, strangely, had begun to seem a little less annoying, not quite as stupid, and, at least occasionally, somewhat more interesting. None of them were sure who had met whom first. It did not matter. After forty-five years, they had no need for nostalgia.

Forty-five years — cumulatively more than two centuries of growing up, of arguments and bravado, of stupid dares and bets on baseball games and bets on who would be the first to shave (Kieran, who seemed to age from thirteen to thirty in one weekend), who would be the first to have a girlfriend (Scott — to everyone's surprise — who "went steady" with the sarcastic and rather intense

Kimberly — never "Kim" — for just under three months when they were all thirteen), who would be the first to have sex (Theo, of course), and who would be the last (Axel or possibly Luke — only they knew for sure and the oath they swore a lifetime ago remained unbroken).Then graduation, more education, blurred memories of university parties, blurrier memories of road trips, short relationships, amazing if too often regrettable sex (and more lies about both categories), internships, degrees and more graduations, lame jobs, decent jobs, and, on occasion, no jobs.

Then — adulthood! — the longest journey: marriages, divorces, children (or not), "real" jobs (some good, some bad, most a mixture of both), bills, heartaches, losses, and, on occasion, triumphs.

Scott had to think about when they had last been together in one place. *Seven years ago? Longer? A decade?* Regardless, it was a happier time — old friends, a few beers, a few stories, a few essential lies, and oh so many cascades of deep and joyous and ageless laughter.

Now?

Grief and tears.

*

Luke was physically vertical but visibly shattered. His murmured expressions of gratitude to friends old and more recent betrayed his voice, pinched in anguish. Pale and wan, only duty and honour pushed him through the requisite motions: standing with his family, praying, genuflecting. Always thin, his agonised soul gave him a ravaged, emaciated look. He sat on the pew, head bowed, shoulders hunched, periodically jerking in spasms of sobs, as the eulogy he'd written was read aloud by Theo — "Reverend Theo." ("Guys," Theo would say, "that's really not necessary.")

*

Luke's son had been old enough to vote, old enough to drink, old enough to fight a war, old enough to know not every dream comes true, but still far too young to die in the street, too young for his blood to congeal on a cracked pavement, blackened in the greenishlight of the streetlamp.

Twenty-four. A man, yet still with the whimsies and impetuousness of boyhood.

"It was quick," Luke told them. "The Coroner said he died before he hit the ground."

Neither Luke — especially not Luke — nor any of the others could fathom how that possibly mattered.

*

After the burial, after the endless platters of food the church committee provided were picked clean, the others huddled together, around and next to Luke, honouring this moment with forty-five years of moments passed. They talked quietly, studying him and listening with reverence when, finally, he spoke, just above a hoarse whisper.

"Come over to the house later," he insisted. "There is so much food. We can have a drink. We can... catch up."

He paused, then his voice even softer, "Please come over."

*

At the hotel they changed out of the grown-up, solemn-occasion clothes they'd donned and gathered in Axel's room, watching him carefully put away his exquisitely tailored suit. In different, normal times, they would have chided him about his expensive tastes and he would have protested that "the firm" expected a certain look amongst the partners.

But no one said much about anything. The gathering was an exercise in riding out a respectfully appropriate lapse of time before clambering into the enormous beast of a vehicle Kieran had collected at the airport ("I asked for a compact," he told them) and drove the short distance to Luke and Meredith's tidy sprawling suburban castle.

*

She was sitting on the porch, exhausted, in an old rocking chair, but managing a weak smile as the small herd clumped up the stairs. "Thank you for being here," she said, her eyes glistening with sorrow. "It means so much — to all of us, but particularly to Luke." She took a deep preventative breath, holding off for the thousandth time today the pressing need to collapse.

"That you would come all this way..."

Four heads nodded and after a silence they found their way inside.

*

There was a crowd — people from church, relatives, in-laws, friends, neighbours, colleagues. It takes a village to help a family grieve.

Luke directed them upstairs, to a large open room with a pool table and a massive television and a modest corner bar. He closed the door and produced an expensive bottle of bourbon.

"I was going to give this to him for his birthday next month," he said. "Would you drink a toast with me instead?" They were silent as they clinked glasses to the memory of a life over much too soon and drank the sweet warm bitterness.

*

Afterwards, they met and spoke with every person there. They answered questions and nodded when told over and over and over how wonderful it was that all of Luke's old friends had made the journey.

*

That evening at the hotel they drank a little more, but only a little, sipping their drinks like elderly Methodists torn between temperance and courtesy towards their hosts.

It was Theo (of course) who first gave it voice. This time, he knew, prayer would not be enough. "We have to do something," he said. They nodded together, agreeing, but keenly aware of just how powerless they felt.

*

There would be no trial, no arrest. The Police told the family they knew who did it — they were certain. It was only the most recent atrocity in a long list. There was no motive beyond an apparent general malice towards all. The one witness had recanted, the others in the vicinity swore they had seen nothing. The gun had not been found — "Probably down a sewer or in the river," the lead detective said.

*

None of them would ever admit whose idea it was — the final idea, the actual plan —

but Axel did the research. He was not a criminal lawyer. In his words, he "helped very rich people protect their money and get richer." He could set up a shell corporation in his sleep and recite tax law arcana perfectly from memory. He knew which bank in every city was the most discreet and which block was the best for finding the right dilapidated building or failing business through which the most lucrative depreciation write-offs could be funnelled.

"It's boring as hell," he frequently claimed. The others knew was a lie. Axel loved solving the puzzles to get someone to the next million or the next ten million.

"It pays the bills," he would finish with a carefully practised shrug.

*

Axel's firm did have a lone criminal defence attorney — rich people's children not infrequently got caught doing recreational drugs or driving while drinking or in a sexual "misunderstanding." In a top-tier firm, even the least competent associate could make a lot go away without fuss.

No one noticed Axel rummaging in the old hard copy files.

Their plan made Scott a little squeamish. His dedication to history had taught him to doubt whether societies created by mere humans could achieve true justice. He believed in it, more or less, but understood its elusiveness. His lectures before dewy-eyed undergraduates chronicled age-old struggles of balancing justice and vengeance and he knew the demarcations between these mortal concepts were at best murky.

A sleazy private investigator was found and quietly engaged. Through a series of anonymous hand-offs and messages — nothing in person, no digital trail — cash was passed along and arrangements were made.

*

They would never again speak of it even to one another.

*

Months later, in one of the video-chats the five had agreed they should periodically have, Axel mentioned offhand that he and his current wife had decided against Disneyworld that summer ("Florida in July — yuck!") and would instead spend a couple of weeks roaming quaint New England villages.

Theo, Kieran, and Scott knew it was done. Luke, who was slowly evolving back into a slightly diminished version of his former self, suspected nothing.

And never would.

*

When Luke saw the newspaper report that a young man had been killed in the street very close to where his son had died, a disquieting heaviness settled on him, and for a few moments, it felt difficult to breathe. The young man everyone believed — everyone *knew* — was his son's murderer was now dead as well.

The article made some minor mention of the similarity between the killings. The police, embarrassed, followed regulations and quickly confirmed that neither Luke nor anyone in his family was anywhere near the incident.

Kieran, Theo, Axel, and Scott all lived far away.

*

Kieran did not record or score the song that had begun to form in his head mere hours after their fateful agreement, although late at night, alone in his studio, he would sometimes sing it to himself.

Theo wrestled daily with what they'd set in motion, what they'd done. His faith in a just and loving God never wavered, even as the cruel capriciousness of divine justice challenged what he thought he'd always believed. His sermons became less hopeful, more rooted in what was here now than in what might — in the hereafter — someday be.

Axel rarely thought of it. When he did, he reminded himself that he arranged a dozen transactions every week that were on any reasonable scale far shadier, far more depraved.

He slept just fine.

Scott found solace in his teaching, in his research, and in his marriage. He'd felt adrift as a partner, but this new uneasiness in his soul moved him to find again and cherish again the joy of being together.

"Our lives," he told himself, "the lives of the four of us, will not be easy."

"But we will manage."

Forty-five years is a long time.

Lizbeths Tagebuch

Mai 1945

Alle sagen, dass heute ein ganz besonderer Tag für England ist.

Und deswegen fange ich heute mein Tagebuch an. Ma hat gesagt, dass ich darin alles aufschreiben kann. Alles Schöne und alles nicht so Schöne. Vor allem das, über was ich nicht reden will. Ma macht das auch. Aber sie kann bestimmt viel besser schreiben als ich. Ich bin gerade erst sieben Jahre alt geworden. Aber Frau Lehrerin meint, ich schreibe schön. Also schreibe ich, was mir in den Sinn kommt.

Ich war heute in der Stadt.

Opa Henry und Ma haben mich mitgenommen. Alle feiern das Ende vom Krieg. Die Leute sind so froh, dass sie singend und lachend durch die Straßen rennen. Sie trinken ganz viel und singen und lachen dann noch mehr. Einige tun Dinge, die ich nicht sehen soll. Ma hat mir sogar die Augen zugehalten. Aber als wir an denen vorbei waren, hab ich mich schnell umgedreht und wieder hingeguckt.

Ein Mann und eine Frau, die sich an eine Hauswand drückten. Es sah komisch aus. Der Mann hat der Frau einen Kuss gegeben. Dabei hatte er die Hose halb runterhängen, als würde er Pipi machen.

Das Lachen der Frau schallte noch lange hinter uns her.

Ich bin mir gar nicht sicher, ob es wirklich lustig war. Schade, dass ich Ma nicht fragen kann. Aber sie hatte mir ja verboten hinzuschauen ...

September 1945

Bis heute hatte ich keine Lust zum Schreiben.

Die Sommerferien waren toll. Opa Henry hat mir einen kleinen Hund geschenkt. Pa ist immer noch nicht zurück aus Frankreich. Er ist wohl sehr krank. Ma hilft Opa in der Brennerei, und ich helfe ihm mit den Schafen.

Ma ist oft traurig. Aber wenn sie Whisky trinkt, geht es ihr gleich besser.

Januar 1946

Der Weihnachtsmann hat mir nicht meinen Pa zurückgebracht. Dabei hatte er es doch versprochen. Opa Henry hat mir ein wunderschönes Kleid geschenkt, und Ma eine selbstgemachte Puppe. Tante Audrey war auch da mit ihren Jungs. Aber sie sind nicht lange geblieben.

Ich bin auch traurig, so wie Ma. Morgen fängt die Schule wieder an.

März 1946

Heute hab ich es endlich gefunden. Das Tagebuch von Ma. Mir fällt doch nichts ein zum Schreiben. Und da Ma viel besser und mehr schreibt als ich, hat sie bestimmt nichts dagegen, dass ich ein wenig von ihr abschreibe. Über Pa. Warum nicht? Mein Pa heißt in ihrem Tagebuch Saul.

Und Ma schreibt:

„Ich war vierzehn, als es zum ersten Mal passierte. Wenn Henry nicht zu mir kam, ging er zu Audrey. Mrs. Smith sorgte dafür, dass keiner was merkte. Aber kurz bevor ich siebzehn wurde, war es zu spät. Mrs. Smith sagte, ich hätte früher kommen müssen. Audrey war wütend. Ich weiß nicht genau, auf wen."

Ma schreibt so schön, trotzdem verstehe ich nicht alles. Aber da mein Pa im selben Abschnitt noch vorkommt, hab ich den halt ganz abgeschrieben. Ich finde abschreiben viel lustiger als selbst schreiben. Jetzt kommt die Stelle mit Pa:

„Saul war unser Nachbar. Er war fast so alt wie Henry. Und Henry kannte ihn gut. Er versprach ihm die Hälfte der Brennerei und eine schnelle Hochzeit. Ohne viel Tamtam. Saul war einverstanden, wie immer, wenn Henry was sagte. Saul liebte den Whisky noch mehr als mich. Was gut war. Sonst wäre er noch öfter zu mir gekommen. Egal. Er hat nie gemerkt, dass unser Engelchen früher kam. Er ist kein schlechter Mann."

Das Engelchen bin ich, Lizbeth. So hat er mich immer genannt. Ich finde die Geschichte so schön. Ma kann wirklich viel besser schreiben als ich. Trotzdem lass ich die Stelle, wo mein Bruder auf die Welt kam, jetzt aus. Er hat eh nicht lange gelebt. Ma war damals sehr traurig. Aber wenn Pa wiederkommt, wird er sich bestimmt freuen. Wir haben nämlich eine große Überraschung für ihn: Ma hat wieder einen dicken Bauch und vielleicht ein neues Brüderchen drin. Ich darf nichts verraten. Also schreib ich es hier auf.

Mai 1946

Pa ist endlich wieder da. Es geht ihm immer noch nicht gut. Keiner freut sich außer mir. Hoffentlich wird es bald lustiger. Aber ich bin ja nicht alleine. Ich hab meinen Bobby; den hol ich abends heimlich ins Bett, wenn die anderen schlafen. Ich darf mich nicht erwischen lassen. Pa meint, Hunde gehören nicht ins Bett. Ma sagt nichts dazu.

Und ich – ich schreibe weiter ab:

„Es war Henry, der die Geschichte mit dem deutschen Kriegsgefangenen und der Vergewaltigung erfunden hatte. Sonst hätte Saul was gemerkt. Er war schließlich nie auf Heimaturlaub. Wie sollte ich von Saul schwanger geworden sein? Und falls Saul fragen würde, was wir mit dem Deutschen gemacht hätten, sollte ich sagen: die Schweine. Das würde ihm gefallen. Und genauso haben wir es gemacht."

Ma hat sich fürchterlich aufgeregt und mich verhauen. Sie hat mich heute beim Abschreiben erwischt. Dabei hab ich die Stelle gar nicht so gut verstanden. Aber sie wollte mir nicht sagen, was „schwanger" heißt und was „Vergewaltigung". Ich fand die Stelle schön, weil die Schweine vorkamen. Und da stand auch, dass Pa das mit den Schweinen gefallen würde. Aber davon wollte Ma nichts hören.

Sie sagte, ein Tagebuch sei was ganz Besonderes. Ein Geheimnis. Das man mit niemandem teilt. Nur mit sich selbst. Dafür habe sie mir ein eigenes Tagebuch geschenkt. Und ich musste ihr hoch und heilig versprechen, nie wieder an ihres zu gehen.

Ich habs versprochen.

Aber ich hab überhaupt keine Lust weiterzuschreiben.

Ich hab doch keine Geschichten und erst recht keine Geheimnisse.

August 1950

Heute haben wir Pa beerdigt. Alle sagen, dass es die Krauts waren, die ihn jetzt doch noch erwischt haben. Ich glaube, es hat nichts mit Kraut zu tun. Ich glaube, mein Pa hat sich einfach nicht mehr von seinen schweren Verletzungen aus dem Krieg in Frankreich erholt. Er war so oft traurig. Und manchmal auch böse. Aber nie mit mir. Ich war sein Engelchen. Und er mein Pa. Ich vermisse ihn so sehr.

Januar 1951

Heute war mein Geburtstag. Ich bin jetzt dreizehn Jahre alt. Endlich hab ich auch ein Geheimnis. Und das darf ich mit niemandem teilen. Das hat nicht Ma gesagt, sondern Opa Henry. Er kommt jetzt öfter zu mir ins Zimmer. Seit Pa tot ist, müsse er sich besser um mich kümmern. Er fasst mich auch an. Auch an Stellen, die weh tun. Aber er sagt, das wäre gar nicht schlimm; sogar als es angefangen hatte zu bluten. Ich sei doch jetzt ein großes Mädchen. In einer Familie sei das ganz normal.

Alles. Und er fragt mich immer, ob ich ihn lieb habe. Und dann gibt er mir einen Kuss. Danach.

Juli 1952

Ich hasse Opa Henry mehr als alles auf der Welt. Er hat heute meinen Bobby erschossen. Nur, weil er ihn ein paar Mal bei mir im Bett erwischt und Bobby ihn angeknurrt hat. Ich hab beschlossen, die Farm zu verlassen. Ich weiß noch nicht, wie.

Weihnachten 1960

Ich kann doch Ma nicht alleine mit Henry lassen. Zusammen schaffen wir das. Und Audrey kommt ja auch noch ab und zu. So wie heute. An Weihnachten ist es immer am traurigsten bei uns. Ich kümmere mich viel um die Schafe. Gut, dass ich die Tiere hab. Tiere sind besser als Menschen.

Januar 1961

Jetzt sind es schon mehr als ein paar Monate, dass die Blutung ausblieb. Soll ich mit Ma oder mit Audrey sprechen? Ich hab Angst, ein Kind zu bekommen. Das darf nicht sein.

März 1962

Ich wollte eigentlich nie heiraten. Nie Kinder bekommen. Ich wollte immer nur weg von der Farm. Weg von Henry. Und jetzt bin ich schon ein halbes Jahr mit Seamus verheiratet. Ich hab ihn damals beim Dorffest kennengelernt.
Er ist Ire und sehr katholisch. Er hat so wunderbar auf der Fiedel gespielt. Hat so schöne eisblaue Augen. Ist groß und stark wie ein Bär. Ich dachte, er kann mich beschützen und mir helfen wegzugehen. Vielleicht sogar nach Irland. Auf seine schöne grüne Insel. Wenn ich ihm von Henry erzählt hätte ... Wäre dann alles anders gekommen ...? Vielleicht.

Mai 1962

Ich hab das Kind verloren, für das ich meine Freiheit aufgegeben hab. Aber ... war ich je frei? Wir wohnen jetzt in einem Cottage nicht weit von der Farm. Und wir haben vier Hunde. Seamus will eine große Familie; ich eher nicht.

Aber ich bin schon wieder schwanger; vielleicht klappt es ja dieses Mal. Seamus möchte seinem Jungen Fußball und Cricket beibringen. Und was er sonst noch alles kann. Ich würde mich mehr über ein Mädchen freuen. Aber ich hab auch Angst davor. Mädchen können sich nicht wehren.

Januar 1971

Seamus freut sich so sehr. Ich eigentlich auch. Es hat so lange gedauert, dass wir dachten, es würde nie passieren. Vor einer Woche ist unsere Cathy geboren. Ein schönes gesundes Baby. Sie ist stark genug und wird am Leben bleiben. Das spür ich. Morgen ist Taufe. Alle werden kommen. Auch Ma und Tante Audrey. Was wird passieren, wenn Henry kommt? Ich hab Angst vor mir selbst.

Januar 1975

Vor einer Woche bin ich siebenunddreißig Jahre alt geworden. Aber wir haben nicht gefeiert. Ich war im Krankenhaus. Seamus sagt, es sei ein Wunder, dass der Herrgott uns nach so vielen Jahren noch ein Kind schenkt: endlich einen Jungen. Wir werden ihn Steven nennen. Und er wird von seinem Vater Fußball und Rugby und Handball und Cricket lernen. Und von mir, wie er sich im Leben am besten wehren kann. Cathy ist jetzt vier, und ich passe gut auf sie auf. Meine Mutter hat sich sehr gefreut, aber sie konnte nicht zur Taufe kommen. Sie trinkt immer mehr und ist oft krank. Ich weiß, wie ich ihr helfen könnte, aber ich trau mich nicht. Immer noch nicht. Wenn ich mit Tante Audrey spreche, will sie nichts davon hören. Henry lebt immer noch: er ist jetzt vierundsiebzig – erst!

Herbst 1984

Das Leben ist grausam. Ma lebt nun schon seit zwei Jahren in einem Heim. Ob es der Alkohol war, der zu ihrer Demenz geführt hat? Die Ärzte wissen es nicht oder wollen es nicht sagen. Sie erkennt keinen mehr von uns. Außer Henry. Wenn sie ihn sieht, fängt sie an zu schreien und hört erst auf, wenn er das Zimmer verlässt. Deswegen geht er nicht mehr hin.

Winter 1984

Im Januar ist Seamus tödlich verunglückt. Er hatte das Motorrad erst ein halbes Jahr. Es konnte ihm nie schnell genug fahren.

„Das ist, als ob ich fliegen könnte, Liz. Das verstehst du nicht. Fliegen wie ein Vogel."
Und ob ich das verstanden hatte. Wie gerne wäre ich mit ihm fortgeflogen. Wenn ich mich nur getraut hätte: zu sprechen ... und dann zu fliegen. Gut, dass er Steven an diesem Tag nicht dabei hatte. Beide zu verlieren, hätte ich nicht überlebt!

Februar 1985

Gestern haben die Kinder ihren Geburtstag zusammen nachgefeiert. Im Januar waren wir alle zu traurig gewesen. Seamus fehlt uns so sehr. Ich hab Cathy zu ihrem vierzehnten ein Tagebuch geschenkt. Irgendwann wird sie meines und das von Ma noch dazu bekommen. Aber sie ist noch zu jung dafür. Ich hab ihr die ersten Worte geschrieben und sogar noch unterstrichen. Zu mehr hatte ich mal wieder keinen Mut.

Trau, schau, wem!

Gestern Nachmittag hab ich Henry aus Cathy's Zimmer kommen gesehen. Er hat mich angegrinst; wie seit vierzig Jahren.

„Ich hab der Kleinen nur mein Geschenk gebracht ... ein Kleid." Ich hörte erst auf zu schreien, als er das Cottage verlassen hatte. Ich mach es jetzt so wie Ma.

Cathy konnte mir nicht in die Augen schauen, und ich – ich konnte ihr nicht helfen.Ich konnte einfach nicht. Immer noch nicht. Ich hasse mich dafür. Ich träume nachts davon, ihn umzubringen. Warum hast du uns im Stich gelassen, Seamus? Warum wolltest du wegfliegen? Warum alleine?

Mai 1985

Heute hat Steven mich wieder gefragt, ob Henry sein Opa oder meiner sei. Wenn er wüsste! Henry ist ALLES. Er ist mein Großvater und mein Vater. Ma hat alles aufgeschrieben.

Aber ich werde es nicht abschreiben. Das hab ich ihr versprochen.

Warum schäme ICH mich? ER müsste sich schämen. Und Ma auch, oder? Und Tante Audrey! Ich weiß nichts mehr; nur, dass ich mich schäme – immer mehr.

Juli 1985

Wir wohnen jetzt in Manchester. Ich hab eine gute Arbeit. Bei einem Tierarzt. Manchmal kann ich die Vergangenheit vergessen. Für ein paar Stunden. Ich helfe gerne mit den Tieren. Aber dann, wenn ich wieder zu Hause bin, kommt alles hoch. Wenn die Angst zu groß wird, nehm ich was dagegen. Wenn ich nicht schlafen kann, auch. Ich fühl mich schuldig. An allem.

Warum hab ich es nur so weit kommen lassen? Es ist so schlimm, dass ich mich nicht traue, es niederzuschreiben. Aber ich bin jetzt in Behandlung. Seamus hätte gesagt: bei einem Seelenklempner. Der sagt, ich soll darüber reden, und wenn ich das nicht kann, soll ich es aufschreiben.

Warum gibt er mir nicht einfach die Tabletten? Warum quält er mich so? Alle quälen mich. Ich will nicht reden. Und ich will auch nicht mehr das schöne weiße Papier mit meinen dreckigen Geschichten besudeln. Seamus hätte mich umgebracht, wenn er es gewusst hätte. Und danach Henry!

Aber als guter Katholik ist er noch nicht mal auf die Idee gekommen, dass es so was Schreckliches geben kann – wie unsere Familie. Nie auf die Idee gekommen, dass Henry auch der Vater von Cathy ist! Ich war dreiunddreißig, als Seamus am Blinddarm operiert wurde. Es war das letzte Mal gewesen. Ich hatte versucht, mich zu wehren. Hatte versucht, ihn niederzuschlagen. Aber Henry war stärker. Er hat mich ausgelacht – wie immer. Ich werde Cathy das Tagebuch doch nicht geben. Sie würde wahnsinnig. Bin ich auch schon wahnsinnig? So wie Ma?

Sommer 1991

Cathy hat ihr Jurastudium mit summa cum laude abgeschlossen. Und Steven sein erstes

Jugend-Pokalspiel gewonnen. Wir machen ein großes Fest. Alle werden kommen. Ein letztes Mal. Das weiß ich. Dann muss es zu Ende sein. Ein für alle Mal. Keine nächste Generation, die leiden muss!

Neujahr 1992

Früher waren wir immer zusammen an Neujahr. Im Guten wie im Schlechten. Heute bin ich alleine mit Cathy in London. Wir haben Silvester mit Audrey gefeiert. Ma liegt immer noch im Krankenhaus und ist, seit dem, was im Sommer passiert ist, nicht mehr aufgewacht. Die Ärzte geben uns wenig Hoffnung. Am Schlimmsten jedoch ist, dass Steven seither nichts mehr mit uns zu tun haben will. Ich frag mich so oft, wie es so weit kommen konnte. Dabei müsste ICH es doch am besten wissen!

Ostern 2000
Vielleicht hatte Seamus ja doch recht, und man muss nur fest genug an Wunder glauben und nie die Hoffnung verlieren: dann kann doch noch alles gut werden. Das hat er immer

gesagt, aber ich hab ihm nie geglaubt. Am Karfreitag ist Ma aus dem Koma wachgeworden und hat uns erkannt. Ihre Krankheit hatte wohl doch viel mit dem Alkohol zu tun gehabt. Und der Schock über den Tod von Henry muss so Einiges in ihr aufgewühlt haben. Zum Besseren. Vielleicht können wir sie in ein paar Wochen sogar wieder zu uns nach Hause nehmen.

Sie ist doch erst neunundsiebzig. Und ich zweiundsechzig. Ich wohne jetzt auch in London. In einer kleinen Wohnung nicht weit von Tante Audrey. Meine kleine Cathy wohnt ganz weit weg in einer sehr schicken Gegend. Die wäre zu teuer für mich, und ich würde mich da auch nicht wohl fühlen. Wir sehen uns so oft wie möglich. Aber Cathy hat viel zu tun. Sie ist eine gute Strafverteidigerin geworden und verdient viel Geld. Sie weiß jetzt alles. Sie hat die Tagebücher gelesen und ist nicht wahnsinnig geworden.

Nur zu früh erwachsen!

Steven fehlt mir so sehr. Damals – im Sommer – als wir alle ein letztes Mal zusammen waren, hatte niemand auf ihn geachtet. Er war doch noch so jung. Und hatte immer nur Fußball im Kopf.

Wir fragen uns heute noch, wie viel er in seinen sechzehn Jahren von all dem Dreck um sich rum mitbekommen hatte. ER war wirklich Seamus' Sohn. In allem. Und sicherlich der Einzige, der nichts mit Henry am Hut hatte. Bestimmt hatte er immer schon viel mehr beobachtet und mitgefühlt als wir dachten. Er hatte sich nicht kaufen lassen. Weder durch Gefühle, noch mit Geschenken und schon gar nicht durch Angst.

Als er an dem Nachmittag des elften Juli 1991 Henry aus dem Schlafzimmer seiner Schwester hatte kommen sehen, muss er gewusst haben, was los war.

Cathy weinte. Und Henry grinste.

Cathy hat es mir wieder und immer wieder erzählt.

Wie Steven ihn gepackt und gegen die Wand gedrückt hatte. Keiner von beiden sagte ein Wort. Sie waren gleich groß. Der eine sechzehn, der andere Ende achtzig. Henry hatte keine Chance. Sein Kopf schlug auf wie eine reife Melone. Aber er schüttelte sich nur und lachte. Immer lauter.

Als Cathy die zwei trennen wollte, sagte er: „Das traust du dich nie, Stevie!"

Und dann schlug Steven zu. Mit dem ersten, was ihm in die Hand kam: dem kleinen Silberpokal. Seinem ersten. Immer und immer wieder.

Wir haben Henry dann zusammen weggeschafft. Schade, dass es keine Schweine mehr gab. Wir mussten ihn vergraben.

Danach ist Steven weggefahren. Und nie wieder zurückgekommen.

Wir verfolgen sein Leben in den Zeitungen und am Fernseher. Cathy meint, wir müssen seine Entscheidung respektieren ... Er will nichts mehr mit uns zu tun haben.

Da ich es nicht sagen kann, schreib ich es ein letztes Mal auf: Ich hab euch alle lieb gehabt. Aber manchmal ist Liebe nicht nur gut. Man muss sich wehren. Manchmal sogar gegen die Liebe. Hätte ich das früher verstanden, hätte ich auch Ma helfen können. Und danach Cathy und mir.

Ich weiß immer noch nicht, ob ich Henry nun gehasst habe oder auch geliebt. Ich glaube immer mehr, das war dasselbe.

Heute höre ich auf mit Tagebuchschreiben. Ich hab es nie gemocht.

Aber das Tagebuch war auch ein guter Freund in schweren Tagen. Meistens der einzige!

Ich habe Cathy gebeten, es Steven zu schicken. Er soll damit machen, was er will.

Vielleicht ein schönes Feuer im Kamin?

Katz und Maus

Die Maus war stark wie ein Bär und hatte kein Problem damit, die Katze zwei Treppenabsätze hochzutragen. Und die ließ ihn gewähren. Sie legte sogar ihren rotbraunen Wuschelkopf an seine Schulter und hielt sich an seinem Nacken fest, als wolle sie ihn nie wieder loslassen. Sie ließ sich gefügig auf die orangerote Bettdecke legen und sogar küssen: immer wieder die Hände; dann die Arme und ihren wunderschönen riesigen Mund. Aber dann war Schluss. Sie legte ihm entschlossen und kraftvoll Mittel- und Zeigefinger auf den Mund und schaute ihm tief in die Augen.

„Sorry, aber weiter geht es nicht. Nicht mit mir. Es hat auch nichts mit dir zu tun, du süße große Maus. Du siehst gut aus, bist sexy und gar nicht dumm. Dazu hast du auch noch einen Haufen Geld. Aber ich passe nicht in dein Beuteschema. Warum? Ganz einfach, weil ich die Katze bin und du die Maus. Eine attraktive – Supermaus. Aber Maus bleibt Maus!"

Der Katze war es ernst, aber die Maus konnte es einfach nicht glauben. Sie war doch eine Supermaus und stark wie ein Bär!

„Schau mich nicht so an. Der Abend war doch gar nicht übel. Wir hatten beide unseren Spaß, aber jetzt ist das Spiel zu Ende. Jeder geht seiner Wege: ich zu den Katzen und du zu den Mäusen oder – , dazu würde ich dir nicht raten – es kommt zu Gewalt. Aber selbst wenn du und deine Kronjuwelen das Gemetzel einigermaßen heil überstehen würden, kannst du sicher sein, dass die Katze ihren schönen Mund nicht halten wird. Die Zeiten sind vorbei – ein für alle Mal. Also, was tun wir jetzt?"

Die Supermaus, die ihre Hose schon halb ausgezogen hatte, starrte die Katze entgeistert an. Hatte sie vielleicht zu viel getrunken oder einen ihrer Alpträume? Das konnte doch nicht wahr sein. Die Katze hatte sich nach allen Regeln der Kunst verführen und die Treppe bis zu ihrem Bett hochtragen lassen; die wusste doch genau, was Sache war – und jetzt Schluss?

362

Der Supermaus hatte es die Sprache verschlagen und wohl auch den Appetit; sie packte ihre wunderschönen Spielsachen zusammen, zog die Hose hoch und ging zum Fenster. Wie lange die Maus da stand, weiß auch die Katze nicht mehr: die Lust war weg – die Jagd vorbei.

Eigentlich schade! Sie hatte ihre Krallen schon ausgefahren ...

Une histoire presque vraie...

L'Est Républicain, vendredi 7 février 2025 :
Coïncidence troublante ... Selon le journal Le Parisien, un ressortissant danois était près de Chevaline au moment de la *tuerie* en 2012. Et, un an plus tôt, il était également présent en Lorraine quand Xavier Baligant, Belge de 29 ans, a été *abattu* de nuit sur l'A31, sur l'aire de Malvaux.

La reconstitution de la fusillade qui a valu la *mort de quatre personnes,* le 5 septembre 2012, sur un parking dans une forêt de Chevaline (Haute-Savoie), avait eu lieu en octobre dernier sur une base militaire de la région parisienne, et cette mise en situation avait permis à la justice de déterminer que l'auteur des coups de feu, avec son pistolet semi-automatique Luger 06/ 29, avait mis entre 60 et 90 secondes pour tirer à 21 reprises. Selon Le Parisien, qui a visiblement eu accès à des PV du dossier, ce tireur expérimenté dans le maniement des armes et doté d'un sang-froid sans faille ne serait pas un tueur à gages – qui aurait utilisé une arme plus fiable que le Luger 06/ 29 – et pourrait bien avoir suivi une formation en « tirs fichants », ces tirs d'achèvement administrés à très courte distance de la tête.

- Je me marre éperdument. Pardon ? Oh, je suis désolée, peut-être ce n'est pas le mot exact qu'il faut employer. Veuillez m'excuser - le français n'est pas ma langue maternelle. Non, je ne suis pas danoise. Hahahah, ça c'est une bonne. Vous croyez peut-être que j'ai quelque chose à faire avec ces meurtres ? Ah, vous n'êtes pas dupe, j'ai tout de suite remarqué. Non, bien sûr qu'on ne dit pas ça ! Alors vous savez - cela aussi m'est égal. Eperdument égal ! Laissez-moi vous lire un peu plus de mon journal préféré. Vous allez comprendre. A la fin vous allez le faire - car tout était déjà dans le journal. Faut lire attentivement. Un peu de patience, on va y arriver ... Accompagnez-moi à la page 39 du jeudi 30 janvier. Là où dans un petit cadre bleu est mentionné tout ce qui s'est passé un autre 30 janvier, dans une autre année, dans une autre vie. Ecoutez-moi bien :

1889 (nuit du 29 au 30) : mort à *Mayerling* (Autriche) de l'archiduc Rodolphe de Habsbourg et de Marie Vetsera. 30 janvier 1933 : Adolf *Hitler* est nommé chancelier d'Allemagne. 30 janvier 1943 : création à Vichy de la Milice française dont le chef Pierre *Laval* et le secrétaire général Joseph *Darnand*. 30 janvier 1948 : *assassinat* du Mahatma Gandhi ...

- Je pourrais continuer éternellement. Plein de mauvaises choses se sont passées chaque jour, et naturellement aussi un 30 janvier. Pas que la date a tellement d'importance dans mon aveu. Cela pourrait être n'importe quel jour. Mais en lisant l'article historique du 30 janvier 2025 l'idée m'est venue. J'ai continué à faire des recherches plus approfondies dans le journal, dans mon quotidien. C'est comme ça que j'ai trouvé la suite :

L'Est Républicain, mercredi 5 février 2025 :
Deux faux traders condamnés pour avoir escroqué *1,8M Euros* à des particuliers. *Meurtre* sur le quai de Strasbourg : 8 ans de

prison. L'affaire *Nestlé* éclabousse l'exécutif. Le *loup* a attaqué et *tué* quatre brebis et un agneau chez un éleveur. La Grèce souffre encore de la *crise. Netanyahou* reçu par *Trump*. Les Européens hésitent à entrer dans la *guerre* commerciale ...

- Vous ne voyez toujours pas le lien ? Alors je vais vous donner un clou. Le résultat de ma recherche du samedi 8 février 2025, toujours dans le même journal :

Un *corps* en partie calciné découvert. *Fusillade en série* à Bruxelles. Pourquoi *l'enterrement* du petit Emile intervient seulement maintenant. Jean-Pierre Dartevelle jugé pour *viols* : pas de huis clos demandé par la plaignante.

- Bon, si vous ne pigez pas encore je vais mettre les mots qui ont déclenché le désastre un après l'autre. C'est comme une petite histoire, mon histoire.

La voilà :

Tuerie, mort de quatre personnes, abattu, Mayerling, Hitler, Laval, Darnand, Trump, Netanyahou, Nestlé, assassinat, meurtre, guerre, crise, fusillade en série, l'enterrement, loup, viols.

- Dans le langage technique des psychologues ces mots ont joué le rôle de « trigger », parce que rien que de les voir, de les lire, de les laisser entrer dans mon cerveau maltraité, ils ont déclenché un film, comme au cinéma. Rien que dans ma tête. J'ai vu le sang couler, tout devenait rouge, différentes couleurs de rouge : Pour les faits historiques un rouge moins écarlate, pas tout-à-fait délavé, plutôt un rouge foncé. Ah, maintenant je sais, je viens de le lire dans un livre - un rouge comme la soutane d'un cardinal. Oui, c'est ça. Et pourtant, je n'ai plus rien à faire avec l'église. Elle a joué un mauvais rôle pendant ces temps là. Mais revenons à la couleur du sang. C'est important. Beaucoup de sang foncé : des camps de concentrations, des champs de batailles, de la résistance à la collaboration. Et tout à coup, dans ma pauvre tête, le sang des temps de cerises devenait de plus en plus clair, de plus en plus frais : le sang de Gaza, le sang des femmes violées partout dans le monde ... tout devenait rouge, comme le sang artériel.

Et je savais qu'il était temps de prendre une décision : De faire comme le danois et tous les autres personnages de mon quotidien, qui sont devenus célèbres ? Ou de faire à ma façon. J'ai opté pour la dernière version. J'aime pas tuer un être vivant, ni homme, ni femme, ni animal. Par contre, je ne sais pas ce que je pourrais faire en rencontrant Trump et Netanyahou. Peut-être ce que je n'osais pas faire quand j'ai rencontré Hitler dans le temps.

C'est dommage que demain ou après-demain je ne vais pas pouvoir lire ce qui va être écrit dans mon   quotidien. Sûrement quelque chose dans le style de :

Suicide tragique d'une femme de 93 ans. Margarete Bäuerle, d'origine swiss-allemande, a mis fin à ses jours en laissant un message cryptique et un vieux Luger 06/ 29:

Ce n'est pas la faute du loup !

Double emploi

J'arrive sur les lieux du crime où je suis accueillie par les policiers de la ville. J'aperçois ma silhouette fine et féminine dans le reflet de la porte vitrée. Je remarque mes cheveux ébouriffés et j'y passe rapidement ma main. La police me donne quelques informations avant de m'emmener voir le corps. La victime s'appelle Orlando Martinez, âgé de trente-quatre ans. Nous savons qu'il était impliqué dans un cartel de drogue et en contact avec plusieurs mafieux. Les policiers sur place pensent à un règlement de comptes. Martinez aurait pris de l'argent ou de la drogue et n'aurait pas remboursé ses dettes. C'est une bonne hypothèse, il reste maintenant à la prouver.

J'arrive dans la pièce où se trouve notre victime, à terre avec deux balles de douze millimètres dans le torse. Notre médecin légiste, Sarah, nous informe de l'heure du décès ; entre vingt-et-une heures et minuit. Je regarde ma collègue, Morgane, déjà présente sur les lieux. Elle inspecte la maison pour y découvrir des indices. Je dois réfléchir rapidement: les lieux n'ont pas changé. Tout est encore exactement dans la même position qu'hier soir: le verre de vin que j'ai dû laisser sur la table basse, ma serviette tachée de rouge à lèvres juste à côté. Tant pis.

Je sors de mes pensées lorsque tout d'un coup je reçois un appel. Je décroche mon téléphone et reconnais la voix de mon patron.

- Votre mission a été remplie, Elisa. Je vous invite à revenir à la villa, le chef aimerait vous parler d'une promotion au sein de La Famille. Je pense que vous allez prendre du galon. Bien joué, mon amour.

Je raccroche le téléphone, le sourire aux lèvres.

Le manoir d' Elisabeth, ou- La mutation

Cela a commencé tout de suite après leur mariage. Patrick surprend Mélinda en lui racontant une histoire qu'elle ne peut certainement pas encore connaître : Celle d'un ancien manoir de sa famille, caché dans la forêt ardennaise. Petit, il y avait passé quelques week-ends, et depuis, il ne l'avait jamais oublié. La dernière locataire était décédée il y a deux ans, et la maison était restée inoccupée.

Et surtout, il y a l'histoire d'Elisabeth, son arrière-arrière-grand-mère qui y vivait. Elle avait plusieurs maris, dotés d'une grande richesse. Tous étaient morts après avoir donné toute leur fortune à Elisabeth, et Patrick avait certains soupçons qu'elle les avait manipulés et ensuite tués l'un après l'autre.

- Mélinda, que penses-tu de déménager dans cette vieille maison ?

Pour être honnête, Mélinda est d'abord contre. Pourquoi quitter leur bel appartement moderne et lumineux en ville, près de leurs lieux de travail, pour un vieux manoir ?

Mais Patrick insiste. Il ne lâche plus son idée. N'avait-elle pas raconté qu'elle avait dévoré les romans des sœurs Brontë avec ses demeures mystérieuses ?

Enfin, Mélinda est d'accord d'y aller voir.

Arrivés devant la maison, elle remarque directement la froideur de ces lieux. Ils sont sombres, le manoir est de couleurs foncées. D'étranges gargouilles ornent le toit, la verdure s'est appropriée des murs laissant un sentiment d'oppression. Mélinda commence à avoir des frissons et se sent de moins en moins en sécurité. Lorsqu'elle lève la tête pour regarder l'état des fenêtres à l'étage, elle remarque la poussière mais aussi une ombre étrange passant derrière la dernière fenêtre du haut. L'angoisse la submerge.

- Tu viens, chérie ?

Patrick place sa main sur le dos de sa femme pour la guider vers l'intérieur. Il ouvre les deux grandes portes d'entrée et la laisse passer la première. L'endroit est luxueusement ancien, comme l'extérieur, mais sombre et lugubre. La poussière et la saleté sont partout.

- Viens, Mélinda, on commence la visite par le rez-de-chaussée.

Ils traversent l'entrée remplie de plantes qui ont l'air bien vivantes. Mélinda voit immédiatement que tout est à refaire, comme l'électricité, les plafonds, les escaliers qui commencent à perdre leur solidité, ... Le coût de tous ces travaux devrait être énorme.

Dans le premier salon, Mélinda se laisse tomber exténuée sur le canapé malgré les salissures. Quant à Patrick, son regard est tout de suite interpellé par un gigantesque portrait d'une femme élégante et imposante. Pourtant, Melinda est surtout sidérée par le regard perçant et méchant de cette personne. Avec une voix tremblante elle demande Patrick:

- Est-ce que cette dame diabolique est Elisabeth ?

Mais Patrick ne répond pas. Il est figé devant le tableau et ses yeux sont fixés sur le visage de cette femme. Mélinda voit avec horreur se développer un courant, une relation mystérieuse entre les deux – un lien qu'elle doit vite casser.

- Patrick, tu m'entends ?

Il détourne lentement le regard du cadre et au lieu de regarder dans les beaux yeux de Mélinda, il se dirige vers le hall et commence à monter l'escalier comme un robot.

- Qu'est-ce qu'il y a, chéri?

Il ne réagit toujours pas et continue sa montée jusqu'au premier étage. Mélinda court après lui et le trouve dans une chambre bien aménagée et tout- à-fait propre.

- Oh, Patrick, j'ai tellement peur. Laisse-nous partir !

Elle veut se jeter dans ses bras mais il s'écarte. Mélinda voit ses pupilles dilatées, froides.

- Que voulez-vous de moi ?

Mélinda recule d'un pas :

- Patrick ? Pourquoi me vouvoies-tu ?

- Qui est Patrick ? Je suis Henri, le dernier mari d'Elisabeth, la maîtresse de cette maison !

- Mon Dieu, Patrick, que t'arrive-t-il ? Tu ne me reconnais pas ?

Au lieu de répondre, l'homme l'attrape par le bras, la jette sur une chaise et l'y attache. Choquée, Melinda l'observe passer au bureau à côté où il commence à murmurer et à se débattre comme s'il parlait à une autre personne. Une éternité se passe avant qu'il ne revienne et Melinda s'aperçoit avec panique qu'il a maintenant un couteau dans la main.

- Alors, Madame, Elisabeth vous donne une chance : Jurez-vous que vous allez vous installer ici et vous occuper pleinement de ce manoir, dans son esprit ?

Mélinda, piégée sur la chaise, commence à pleurer désespérément.

- Mais noooon ! Tout ce que je veux, c'est quitter cette maison maudite et ne plus jamais la revoir ! Et je veux récupérer mon mari ! Patrick, si tu m'entends, reviens, je t'en supplie !

L'homme lui lance un sourire narquois et s'avance doucement vers elle.

- Mauvaise réponse.

Un cri de femme se fait entendre avant un long silence.

Histoires ultra courtes

Je regarde mes mains …
remplies de sang.

*

Il est là !
Il a réussi à entrer !

*

Je le vois,
recouvert de sang.

*

Le drame sera … de ne plus le voir !

*

Elle regarde le sol,
une nouvelle victime.
*
Se retrouvera-t-elle ?

Wenn das Wörtchen wenn nicht wäre

Ich heiße Christelle, bin 39 Jahre alt und sehe ziemlich gut aus. Was teilweise auch mit meinem Job zusammenhängt. Ich bin nämlich ... nein, nicht was Sie jetzt denken, oh là là. Nein, nein, ich bin keine ... Schauspielerin, obwohl ich nicht schlecht darin bin, jemandem was vorzuspielen. Nein, aber doch nicht SO was ... ich bin auch kein ... Mannequin. Die Figur würde passen, aber ich koche zu gerne.

Wie meinen Sie? Es bliebe nur noch eins ... aber nicht doch! Also wirklich. Schämen Sie sich! N e i n, Call Girl bin ich auch nicht.

Warum sollte ich ein Geheimnis daraus machen? Ich bin Kosmetikerin und hatte einen Salon in der Altstadt von Saarbrücken, nicht weit vom St. Johanner Markt, Richtung Theater. Ich sehe, Sie kennen sich aus - genau: Ecke Türkenstrasse / Wallgasse. Der Laden brummte. Nagelstudio, Hamam, Sauna, Whirlpool, drei Angestellte. Vorlaufzeit zwischen 2 und 3 Monaten für Massage- oder Gesichtspflegetermine.

Und dann passierte es. Im Sommer werden es zwei Jahre:

Wenn diese Frau nicht in meinen Salon gekommen wäre, um sich zu erkundigen ...

Wenn ich ihr nicht spontan den Termin angeboten hätte, der gerade kurzfristig abgesagt worden war.

Wenn die Frau mir nicht erzählt hätte, Schriftstellerin zu sein, wo ich doch jede freie Minute am Lesen bin, vor allem wochenends und oft sogar die Nächte durch.

Wenn sie mir nicht von Anfang an so sympathisch gewesen wäre, hätten wir uns doch nicht über so viel Privates, ja sogar Intimes ausgetauscht.

Wenn sie mich nicht plötzlich gefragt hätte, warum ich immer noch mit dem Ozon-

Gesichtsdampfgerät arbeite und nicht, wie sie wohl aus Frankreich gewohnt war, mit ätherischen Heiß- und Kaltkompressen.

Wenn es mir nicht die Sprache verschlagen hätte, als sie übergangslos weiter plapperte, um von ihrem schlechten Verhältnis zu ihrer Mutter zu erzählen. Die mit Männern rumgemacht hatte. Sogar für Geld. Genau wie meine. Nur deswegen hab auch ich dann weitererzählt. Das mit der Heissluft. Dass ich ab und zu, je nachdem, wer kommt, etwas beimische: Lavendel zum Beruhigen, Jasmin mit Rotklee zum Aufputschen, Macawurzel zum Träumen und ... mal was ganz Anderes. Etwas, das erst Tage später wirkt. So spät, dass bisher nie jemand auf die Idee gekommen war, einen Termin bei der Kosmetik mit dem plötzlichen Ableben der Person in Verbindung zu bringen. Es waren ja immer ältere Frauen, übergewichtig, krank aussehend: halt so wie MEINE Mutter!

Wenn wir nur nicht über unsere Mütter gesprochen hätten!

Wenn die Schriftstellerin nur dicht gehalten hätte ... statt daraus eine Mords-Geschichte zu machen und dann auch noch zu veröffentlichen!

Wenn sie ihrer Mutter doch nicht meine Adresse gegeben hätte ...

Wenn diese verdammte Schriftstellerin ihr scheiß Buch, wie bisher auch, nur im Selbstverlag veröffentlicht hätte; sprich, nur wenige oder niemand es gelesen hätten.

Wenn sich dieser Verlag nicht dafür interessiert hätte ...

Wenn nicht so viele Leute es für Weihnachten gekauft hätten. Vor allem dieser aufgeweckte Gerichtsmediziner, der es seinem Freund, dem Kommissar geschenkt hatte ... dann wäre niemand dahinter gekommen, dass es eigentlich sechs waren. Aber nachweisen konnten sie mir nur den letzten Todesfall. Dank des Promi-Anwalts, den mir meine Schriftsteller-Freundin spendiert hatte, entschied das Gericht auf: grob fahrlässige Tötung.

Wenn ALL DAS nicht gewesen wäre, hiesse meine derzeitige Adresse nicht:

Lerchesflurweg   37 in 66119 Saarbrücken,

für Nicht-Einheimische: Justizvollzugsanstalt des Saarlandes.

Epilog

Bald bin ich wieder frei und habe große Pläne: Ein Wellness Paradies in Luxemburg ...

La Marina, oder – Kein Mord am Triller

Angefangen hatte alles in Saarbrücken. Vor mehr als 30 Jahren. Das Schiff hieß *Vaterland*. Ein zu einem Bistro umgebauter kleiner Schleppkahn. Und ich feierte dort meinen Geburtstag. Endlich 30! Endlich als Frau ernstgenommen werden, in einer reinen Männerwelt – dachte ich. Aber ich hatte mich getäuscht. Das Mittagessen war vorbei, meine handvoll ausgewählter Freunde am Fortgehen, schliesslich mussten wir alle spätestens um 14h wieder an unseren jeweiligen Schreibtischen sitzen.

"Also, Tschüss dann, bis heute Abend, dann machen wir richtig einen drauf!", rief Herrmann, der uns, und noch viele andere, zu einer BOUM bei sich zu Hause eingeladen hatte. Mir zu Ehren! Seine Eltern mochten mich sehr und überließen uns, zum gegebenen Anlass, den Partykeller ihrer exquisiten Jugendstilvilla am Triller.

Aber so weit sollte es im Sommer 1988 nicht kommen. Als alle das Schiff *Vaterland* verlassen hatten, die Rechnung schon beglichen war und ich nur noch einmal schnell "Hände waschen" wollte, passierte es: Ein Typ packte mich von hinten, stopfte mir einen Knebel in den Mund und drückte mich in die schmale Toilettenkabine. Wenn ich nicht soviel Crémant getrunken hätte ... wenn ich eine lange Hose, wie sonst auch immer ... wenn ich nicht darauf bestanden hätte, alleine ins Büro zurückzugehen. Scheiße! Ich konnte mich einfach nicht wehren. Er stank nach Schweiss und einem widerlichen Rasierwasser, hatte Schwielen an den Händen ... und sprach französisch.

Als ich wieder zu mir kam, musste ich kotzen. Eine der Kellnerinnen, die mich fand, dachte zuerst, ich sei betrunken. Aber dann glaubte sie mir. Der Kerl sei ihr schon ein paar mal aufgefallen. Gehöre nicht zur Schiffscrew, würde aber öfter bei Feierlichkeiten auftauchen... Dann gingen wir nach oben und riefen die Polizei an. Darüber und was dann folgte, möchte ich nicht berichten. Es war demütigend, widerwärtig und am Ende wusste ich nicht mehr, warum ich überhaupt Anzeige erstatten sollte, wenn alles doch meine Schuld war.

Ich ging natürlich nicht zur Geburtstagsfeier. Ich sagte einfach ab, was niemand verstand, besonders Herrmann. Ich wollte nur noch alleine sein und blieb es auch – über zehn Jahre. Als ich dann Jean kennenlernte, lief es zuerst nach dem selben Schema ab: Sobald ein Mann versuchte, mich anzufassen, kamen die Bilder hoch und mein Magen drehte sich. Aber Jean war anders als alle anderen. Er hatte Geduld. Wir gingen viel spazieren, hörten Musik zusammen und er liess mir Zeit. Er hörte zu, wenn ich ihm von meinen Therapiesitzungen erzählte und irgendwann fasste ich den Mut, ihm zu gestehen, warum ich eine Psychologin brauchte.

Das ist nun auch schon wieder lange her. Mittlerweile wohnen wir ganz in Frankreich und ich komme nur noch ab und zu ins

Saarland. Jean bleibt lieber zu Hause und kümmert sich um die Hunde. Wir haben eine Retrieverzucht und unsere Welpen sind so gefragt, dass unsere Wartelisten auf 2-3 Jahre ausgebucht sind. Wir sind glücklich und haben die Vergangenheit hinter uns gelassen.

Wenn ich nach Saarbrücken fahre, um dort eine Lesung meiner neusten Buchveröffentlichung abzuhalten, übernachte ich immer im *Hotel am Triller*. Nicht mehr bei Herrmann. Seine Eltern sind schon lange tot und er hat sich schnell getröstet: Mit dem vielen Geld und mit Monika, eine meiner früheren Arbeitskolleginnen. Sie haben vier Kinder und keine Hunde. Die passen eh nicht an den Triller, hat Herrmann immer behauptet ...

Es passierte vor einem Jahr. Ich versuche im Hotel, immer das selbe Zimmer zu bekommen: Es heisst *Gauguin* und hat wundervoll bunte Fresken an den Wänden, passende Vorhänge und – ganz wichtig für mich, eine Badewanne. Wenn ich nicht zu Hause schreibe, dann im *Hotel am Triller*. Ich tauche in die Inselwelt von *Gauguin*, schwimme in meiner Badewanne, oder noch besser im hoteleigenen Pool. Manchmal traue ich mich sogar in die Sauna. Aber dafür muss es ein ganz mutiger Tag sein. Und so einen hatte ich am 18.11.2024.

Ich ließ mich zuerst ins Wasser gleiten, zog in Ruhe meine Bahnen und genoss die Ruhe. Ganz alleine. Der Kinderschwimmkurs war vor einer halben Stunde zu Ende gegangen und andere Hotelgäste wohl noch unterwegs in der Stadt. Es ging mir besser und besser. Meine Lesung war gut angekommen. Mein Workshop über *Kreatives Schreiben* bei der Volkshochschule ebenfalls. Und vor zwei Stunden hatte ich sogar ein paar Kursteilnehmer in der Lobby empfangen und ihnen erklärt, wie ich mich durch die Atmosphäre im *Hotel am Triller* zu Geschichten inspirieren lassen kann: Das Hotel ist meine Schreibwerkstatt. Die Leute waren begeistert. Ich konnte zufrieden sein mit mir und der Welt.

Also kein Grund, mich nicht in die Sauna zu wagen. Ich fühle mich doch wie zu Hause im *Hotel am Triller,* also auch in Sicherheit. Es war wunderbar. Ich liebe diese trockene Hitze. Sich bis an die Grenzen der Leidensfähigkeit zu begeben, alles Schmutzige auszuschwitzen, bis man glaubt, keine Luft mehr zu bekommen. Sich mutig unter eine eiskalte Dusche zu stellen und dann total sauber, auf dem Rücken liegend, sich im Pool treiben zu lassen: Einfach himmlisch.

Warum habe ich ihn nicht kommen gehört? Sicherlich hatte ich den Kopf unter Wasser – egal. Plötzlich war er ganz nah neben mir. Ich hätte ihn fast berührt. Er schaute mich an, mit eisblauen Augen, die ich von irgendwoher zu kennen glaubte. Ich schrie kurz auf und er lachte. Im Wasser hatte ich keine Chance. Sein Gesicht kam immer näher und dann roch ich es: Schweiß und billiges Rasierwasser. Ich schrie noch lauter aber er lachte nur niederträchtig. Als plötzlich die Tür aufgerissen wurde und eine Gruppe Jugendlicher hereinstürzte, rief er ihnen zu:

"Alles nur Spaß, wir üben für ein Theaterstück …".

Alle lachten und ich schämte mich. Nicht schon wieder nicht ernst genommen werden in Saarbrücken. Aber ich wusste, was zu tun war. Wenn nicht heute und hier, dann bei nächster Gelegenheit. Und die würde kommen, das war mir klar. Dann wäre ich besser vorbereitet.

So kam es, dass diese meine Geschichte, die ihren Anfang in Saarbrücken genommen hatte, ihr Ende in Frankreich finden sollte:

In einem kleinen verschlafenen Ort an der Grenze zwischen Lothringen und der Franche-Comté. Jean und ich leben seit acht Jahren hier und verbringen unsere Zeit damit, ein uraltes Pfarrhaus zu renovieren. Max, unser jüngster Zuchtrüde, ist gerade 4 geworden und immer noch wild und ungestüm. Also suche ich Trainingswege, wo wir so wenig wie möglich anderen Menschen und vor allem anderen Hunden begegnen. Im Winter liegt die kleine Marina, der ganze Stolz unserer Gemeinde, im eisigen Dornröschen-Schlaf und wir lieben es, zwischen den gespenstisch verpackten Booten über die schmalen Bretterstege zu balancieren. Die meisten Schiffe kenne ich mit Namen, teilweise auch deren Besitzer, vor allem die Franzosen aus unserer Gegend. Niederländer und Schweizer weniger, die bleiben gerne unter sich. Und Deutsche gibt es bis auf meine Freunde aus Hamburg selten.

Daher fiel mir der saarländische Wimpel sofort auf und natürlich der Name: *Vaterland*. Ich wusste aus Zeitungsberichten, dass es das Bistro-Schiff schon lange nicht mehr gibt. Angeblich wurde es bereits vor 15 Jahren abgewrackt. Aber irgendjemand musste es ja wohl gerettet haben, sonst würde es nicht hier anliegen. Nicht, dass ich mich mit Schiffen auskennen würde, aber ich liebe sie und habe ein gutes Gedächtnis. Wer immer das Schiff auch übernommen hatte, es war wohl kein Geld da, es generalzuüberholen. Dieselbe rote Farbe der Bänke an Deck. Verblasstes Grün an der Reling. Schwarz-grüner Bug ... alles passte. Mein ganzer Körper spannte sich und ich war bereit. Bereit für eine Überraschung, und dieses Mal war ich nicht alleine. Noch bevor die Kajütentür sich öffnete, schrie ich aus Leibeskräften:

"Max - Fuss! "

Ich erkannte ihn sofort. Der Mann aus dem Schwimmbad im *Hotel am Triller*. Die Augen, dieser Blick. Riechen konnte ich ihn nicht auf die Entfernung. Aber dieses fiese, miese, hinterhältige Grinsen – das kannte ich zu gut. Und ich hatte noch einen Vorteil. In den dicken Winterklamotten hatte er MICH nicht wiedererkennen können. Weder als die aus der Toilette vor genau 36 Jahren, noch die im Badeanzug vom letzten Jahr in Saarbrücken. Und dann spielte natürlich der Zufall für mich. Wer rechnet damit, ein ehemaliges Opfer zweimal wiederzutreffen?

Heute hatte ich Hosen an! War vorbereitet und wusste, welches Kommando ich Max geben musste. Ja, ich gebe zu, ich lachte. Zuerst leise und dann immer lauter. Aber erst danach. Zuerst schrie ich:

"Max - fass!"

Max ist das Prunkstück unserer Zucht. Ein reinrassiger weisser super schlanker pfeilschneller Retriever. Es war ein Genuss, ihn durch die Luft fliegen zu sehen. Er stürzte sich mit vollem Elan auf den Mann, der ihm jedoch leider den Spass verdarb: Noch bevor Max ihn zu fassen bekommen konnte, schrie er gellend auf, drehte sich um -   und sprang. Zur Zeit hat die Saône Hochwasser und starke Strömung. Bei Temperaturen zwischen - 10 und – 15°C ist sie eiskalt. Ich hörte noch den Körper ins Wasser platschen. Dann war niemand mehr da, außer Max und mir. Ein kurzer Pfiff genügte und ein enttäuschter Max stand wieder bei Fuss.

"Wir gehen nach Hause, Max. Genug geübt für heute.

La Main Rouge

Als die Entscheidung für den Cover unserer Anthologie anstand, bin ich auf ein Stück französischer Geschichte gestoßen, das schlimmer und grausamer zu sein scheint, als jede unserer fiktiven Erzählungen. Um keine schlafenden Hunde zu wecken, halte ich mich bei meiner Kürzest-Geschichte einfach nur an die Informationen, die Wikipedia eh veröffentlicht:

Die *Rote Hand* war laut Zeitzeugen und Journalisten, eine geheime Organisation des französischen Auslandsgeheimdienstes, die 1950-62 im Auftrag, oder zumindest mit Duldung der Regierung eine große Anzahl von Attentaten auf Menschen verübte, die in irgendeiner Weise die Unabhängigkeitsbestreben der französischen Kolonien in Nordfrika (Marokko, Tunesien, Algerien) betrieben oder zumindest unterstützten. Sogar in Hamburg, München und Bonn wurden Bomben gelegt oder Waffenhändler und ihre

Familien erschossen, die Waffen nach Nordafrika lieferten.

All dies ist nur zum Teil aufgeklärt, bzw. offiziell zugegeben. Noch immer gibt es viel Ungeklärtes, und es gab nur wenige Untersuchungen oder gar Verurteilungen. Aber aufgrund der aufsehenerregenden Taten und des politischen Hintergrunds bleibt *La Main rouge* ein belasteter Begriff in Frankreich, der immer noch seine Bedeutung hat und für immer mit diesen Taten in Verbindung bleiben wird.

Warum diese Erklärung?

Weil wir statt der *Roten Hand* eine *weiße Hand* gewählt haben: Gegen das Vergessen!

Autorenverzeichnis/Liste des auteurs

Abbott, Erik

(erikabbott.com) Author/playwright Erik Abbott has lived in Luxembourg since 2009. His play SECOND ZECHARIAH received a 2024 Luxembourg Literature Prize. Several of his plays have had professional productions and he contributed to THE PLAYWRIGHT'S TOOL-BOX, an anthology of playwriting exercises (Applause, 2024). Previously, Erik was the LUXEMBURGER WORT'S theatre critic for their online English-language edition and published numerous times in academic journals. He has authored several short stories and is working on a novel. Erik has an MFA in Writing from Hamline University and a PhD in Theatre Studies from the City University of New York (CUNY) Graduate Center.

Bohr-Jankowski, Karin

Schriftstellerin (karinbjankowski.de) geb. 1958 in Mettlach, Studium der Regionalökonomie in Trier, Arbeit bei EP und EU Kommission in Luxemburg und Brüssel, Leiterin der Saarländischen Landesvertretung und Lehrbeauftragte an der Uni Aix-Marseille in einem European Masters und bei der Volkshochschule Saarbrücken für Kreatives Schreiben. Die vorliegende Anthologie ist ihr achtes Buch.

Etre, Bruno

45 ans de cuisine, dont 28 comme restaurateur ! Dix ans de photos de nature. Quelques mois seulement de poésie ... Ecriture d'une vingtaine de chansons. Le TSUNAMI de 2004 a été son premier poème ... Une libération ! Une révélation !

Godefroid, Jean (Pseudonym/e)

Juriste de formation, il écrit maintenant des histoires curieuses, sur base de ce qu'il voit et entend autour de lui, en Lorraine et en Franche-Comté. Marié à une écrivaine, il a deux fils vivant à l'étranger et trois chiens sur le canapé.

Gorny, Lara

Geboren im Jahre 1997, arbeitet seit 2018 als Erzieherin, schreibt bereits, seit sie 10 Jahre alt ist, erst für sich, seit 2014 dann in einer Schreibwerkstatt der VHS Merchweiler, wo sie ihre ersten Veröffentlichungserfahrungen in Gemeinschaftsbüchern der Mitglieder machte. Mittlerweile hat sie bereits mehrere Bücher veröffentlicht, zuletzt den Heimatkrimi „Oh Bruder"

Lafleur, Sandrine (Pseudonym/e)

Gebürtig aus Metz, lebt und arbeitet als Restaurantkritikerin, Personal Coach und Hobbyschriftstellerin seit 2018 in Paris. Mit einem Vater aus Luxemburg, einer Mutter aus Saarbrücken und Grosseltern in Metz, ist sie zweisprachig aufgewachsen und betrachtet sich als Kind der Grossregion Saar-Lor-Lux.

Leinen, André (Pseudonym/e)

Né en 1950, journaliste indépendant, conseiller politique et éleveur-amateur de chiens dans le Luxembourg.

Loser, Petra

1967 geboren, Buchhalterin, voller Geschichten, hat vor 10 Jahren gemerkt, wie gut es sich anfühlt, darüber zu schreiben. Nach vielen Workshops (sogar für Hörbuchsprecher) und Kursen über "Kreatives Schreiben" hat sie Buchideen, die sie verwirklichen will, frei nach dem Motto: Jeder Künstler war zuerst ein Amateur (Ralph Waldo Emerson)

Perera, Loretta Marie

Based in Luxembourg, Rett's work takes the form of poetry, fiction, and journalism, largely about the societies and scenes she sees, and often with a critical and political lens. Originally from Singapore, she has also lived in

Beijing, Moscow, and Montenegro, all of which have influenced her work.

Ranft, Jan

Geboren 1974 in Birkenfeld/Nahe, lebt und arbeitet als Mediengestalter in Saarbrücken. In seiner Freizeit schreibt er schwule Kurzgeschichten. Sein Erstlingswerk „Himbeerjoghurt" erschien 2012. Die Fortsetzung „Zitronenjoghurt" kam 2020 heraus. Im Frühjahr 2024 erschien sein bislang drittes Buch unter dem Titel „Starkregen". Insgesamt hat er schon über 150 Geschichten ver-öffentlicht.

Rufolo, Dana

Dana Rufolo is an international theatre critic writing for *Plays International & Europe*, an online UK based theatre magazine. She is the director of the Theater Research Institute of Europe (TRIE, asbl). She has published academic work and creative work; over the years she placed thrice in the Concours littéraire national de Luxembourg. Her second dramatic narrative poem *JOYN* premiered at the Konstanz State Theatre on 3 December, 2022 after being developed as a multimedia (performance plus dance) piece at the Anhaltisches Theater Dessau; her first narrative poem *I am Viola da Gamba of the Singing Building* was performed at the Conservatoire de Luxembourg after its publication by Schortgen Press in 2005. Her stories and poems appear in *Writing from A Small Country.* Presently, she is working on a one-act play about Lucia Joyce titled *Your Words Inside My Body* for the English Theatre of Milan.

Schoenleben, Lena

Lena Schoenleben wird während ihres Studiums der italienischen und französischen Sprach-und Literaturwissenschaft in Mannheim und Mailand bewusst: Sprache geht weit über die bloße Verwendung von Worten hinaus. Sprache ist Ausdruck unserer Identität, unserer literarischen DNA. Letztere schärft sie im Zuge wissenschaftlicher Veröffentlichungen rund um das Thema Identitätsfindung im postkolonialen Italien. Im Rahmen deutsch-französischer Presse- und Öffentlichkeitsarbeit lernt sie am Theater dann den Wirkungsbereich von Kultur und Sprache für die Grenzregion kennen. Heute lebt und arbeitet sie als Marketing Managerin in Saarbrücken.

Schofield, Robert

ist britisch-luxemburgischer Schriftsteller, der Erzählungen und Romane auf englisch schreibt. Er wurde 1963 an der Südküste Englands geboren und lebte in verschiedenen Ländern Europas und Afrikas, bis er im Jahr 2000 Luxemburg zur Heimat machte. Seine Werke sind in die Shortlists für Literaturpreise in Luxemburg aufgenommen worden, unter anderem für den renommierten „Prix Servais" für seinen neuesten Roman „The Treasury of Tales" über die Gebrüder Grimm.

Soerensen, Nadine

1998 geboren in Saarbrücken, Deutschland, mit dazugehörigen Wurzeln aus Dänemark und Argentinien. Sie hat die Begabung und Leidenschaft, eine Verbindung zu der übernatürlichen Realität und zu der Weisheit der Mutter Natur herzustellen. Eine 2016 diagnostizierte chronische Erkrankung führte sie zu ihrem wahren Selbst und ermöglichte ihr, mit dieser höheren und tieferen Intelligenz vollkommene Heilung und alles, was das Herz begehrt, anzustreben. Das Schreiben in Form von Tagebucheinträgen war immer möglich und war ihr treuer, ständiger Begleiter. Sie fing an zu schreiben sobald sie es lernte und vor allem dann, in ausführlicherem Format, sobald ihr Bewusstsein sich erweiterte.

Vogel, Dagmar Ruth

Dagmar Ruth Vogel, geboren 1971 in Mainz, war viele Jahre selbstständig als Coach und Beraterin. Mittlerweile hat sie sich auf das Schreiben von inspirierenden und motivierenden Texten verlegt, die autobiografisch geprägt sind. Sie schreibt für Menschen, die daran interessiert sind, ihr Leben in die eigene Hand zu nehmen, um mehr Sinn und Erfüllung zu erfahren; weil sie IHR Leben leben - nicht irgendeines. Dagmar lebt und liebt Persönlichkeitsentwicklung.

Vouvray, Gértrude alias Gérard (Pseudonym/e)

Il préfère un pseudonyme car il a vécu beaucoup de mal dans sa vie. Domicilié en Lorraine, il travaille au Luxembourg ... dans une des nombreuses banques. Il écrit en allemand, français et anglais. Il choisit ses sujets jamais dans le monde des finances mais dans la psychologie sociale et dans l'actualité.

Weiss, Alice (Pseudonym/e)

Née en 1958 à Strasbourg, ancienne collaboratrice du Parlement Européen, elle s'engage depuis 2013 dans plusieures ONG pour les droits humains.

Wouters, Alissa

Je m'appelle Alissa Wouters, j'ai 16 ans. Je suis originaire de Belgique mais j'ai déménagé pour des raisons personnelles vers la Haute Saône. Ma passion est l'écriture, je ne m'arrêterai jamais ! J'ai même écrit un livre, pas pour plaire aux autres mais pour l'anniversaire de mon père. Je ne sais pas comment j'en suis arrivée là mais ma vie est comblée grâce aux personnes qui m'aident dans mes projets et mon écriture. Je ne les remercierai jamais assez pour tout ce qu'elles font pour moi. Je suis heureuse de mon travail et c'est tout ce qui compte.

Danksagung/ Remerciement

Mein erstes Dankeschön möchte ich der Volkshochschule Saarbrücken aussprechen, und hier ganz besonders Frau Dr. Elisabeth Schmitt, Frau Mechthild Speicher und Herrn Thomas Roessler, die es mir ermöglichen, in meinen Workshops über "Kreatives Schreiben" auf Autoren- und Ideenfang zu gehen.

Für die vorliegende Anthologie danke ich daher als nächstes meinen Co-Autor*innen Lara Gorny, Petra Loser, Jan Ranft, Lena Schoenleben, Nadine Soerensen und Dagmar Ruth Vogel; nicht nur für ihr Engagement und Interesse in meinen diversen Kursen, sondern ganz besonders für die tollen Geschichten, die daraus entstanden sind.

Gute saarländische und französische Autor*innen zu finden, war um vieles leichter als auf luxemburger Seite. Daher gilt mein Dank auch der Gesellschaft "Writers Who Talk", durch die ich so wundervolle Autoren wie Erik Abbott, Loretta Marie Perera, Dana

Rufolo und Robert Schofield kennenlernen - und für diese Anthologie gewinnen konnte. Ihre Geschichten in diesem Buch sprechen für sich. Vielen Dank euch Vieren.

Ein besonderer Dank gilt einem Teil der frankophonen Autorengruppe, die sich unter Pseudonym an dieser Anthologie beteiligt haben: Danke, Jean Godefroid, Sandrine Lafleur, André Leinen, Gértrude Vouvray und Alice Weiss, für eure wundervollen Short-Stories. Und auch dafür, eure persönlichen Gründe mit mir geteilt zu haben, warum ihr nicht unter eurem Namen publizieren wollt. Vielen Dank und weiterhin viel Mut!

Nicht weniger dankbar bin ich Bruno Etre und Alissa Wouters für ihre schockierend schönen Beiträge. Und Maria Garcia José, ohne die ich diese begabte Nachwuchs-Schriftstellerin nicht entdeckt hätte.

Grosser Dank gilt auch dem Geschäftsführer und Mit-Herausgeber des Kulturmagazins OPUS, Dr. Kurt Bohr, und seinem engagierten

Team, die mich schon seit Jahren in meiner Arbeit als Autorin begleiten.

Nicht fehlen darf der Dank an unser unermüdliches Lektorenteam. Für die deutschen Texte zeichnen Hans Georg und Katharina verantwortlich, für die französischen Texte Marie-Jeanne, Marie-Paule, Cécilia und Danielle und für die englischen Texte jeder Autor selbst.

Ohne die grosse Arbeit von Lara Gorny, die aus 64 Texten erst ein formschönes Manuskript geschaffen und bei BoD eingereicht hat, wäre das Buch nicht das geworden, was es heute ist. Danke an meine Mit-Herausgeberin.

Für die ausserordentlich gelungene Cover-Illustration danke ich Jan Ranft.

Ohne die Unterstützung und schier grenzenlose Geduld meines Geliebten, Hans Jankowski, wären Projekte wie dieses und andere Bücher nie möglich. Danke dafür, dass ich weiterschreiben kann und du dich derweil um ALLES andere kümmerst!

Bourbévelle/ Saarbrücken, Mai 2025
Karin Bohr-Jankowski

Mon premier "Merci" va à l'Université populaire (VHS) de Sarrebruck, en particulier la Dr. Elisabeth Schmitt, Madame Mechthild Speicher et Monsieur Thomas Roessler qui m'ont donné la chance de rencontrer et de découvrir dans mes divers cours de l'écriture créative beaucoup de mes auteurs et leurs idées.

Ensuite, je remercie mes co-auteures et co-auteurs Lara Gorny, Petra Loser, Jan Ranft, Lena Schoenleben, Nadine Soerensen et Dagmar Ruth Vogel non pas seulement pour leur engagement et leur enthousiasme pendant mes cours, mais surtout pour les histoires magnifiques qu'ils y ont développées.

C'était beaucoup plus facile de trouver d'excellents écrivains sarrois ou français que des auteurs luxembourgeois. C'est pourquoi je suis particulièrement reconnaissante envers le groupe "Writers Who Talk" par qui j'ai pu rencontrer des auteurs merveilleux comme Erik Abbott, Loretta Marie Perera, Dana Rufolo et Robert Schofield – et les persuader de participer à cette anthologie. Leurs histoires dans ce livre parlent d'elles-mêmes. Un grand merci à vous Quatre!

Je remercie beaucoup ces auteures et auteurs francophones qui ont choisi de contribuer leurs textes sous un pseudonyme, à savoir Jean Godefroid, Sandrine Lafleur, André Leinen, Gértrude Vouvray et Alice Weiss, pour leurs histoires courtes et magnifiques mais aussi de m'avoir confié les raisons pour lesquelles ils ne voulaient pas être publiés sous leur vrai nom. Merci beaucoup et bon courage !

Merci également à Bruno Etre et Alissa Wouters pour leurs contributions poignantes – et à Maria Garcia José: Sans toi, je n'aurais jamais découvert cette jeune et talentueuse écrivaine!

Un grand merci spécial va au Directeur et co-éditeur du magazine culturel OPUS, Dr. Kurt Bohr et son équipe engagée, qui m'accompagnent avec bienveillance depuis des années dans mon travail d'écrivaine.

Je ne dois pas oublier notre comité de relecteurs-correcteurs inlassables. Pour les textes en allemand, ce sont Hans Georg et Katharina, pour les textes en français Marie-Jeanne, Marie-Paule, Cécilia et Danielle qui ont assumé la responsabilité – et pour les contributions en anglais, les auteures et auteurs eux-mêmes.

Sans l'énorme travail de Lara Gorny, ce livre ne serait pas ce qu'il est devenu: Elle a transformé 64 textes différents en un beau manuscrit prêt pour être imprimé par BoD. Un grand merci à Lara, ma co-éditrice !

Ici, je veux aussi rendre grâce à Jan Ranft pour la couverture extraordinaire de ce livre.

Enfin, sans l'aide et la patience presqu'illimitée de mon amour Hans Jankowski, ce projet et mes autres livres n'auraient pas vu le jour. Je te dis merci d'avoir pu continuer à écrire tandis que toi, tu t'occupais de TOUT le reste!

Bourbévelle/Sarrebruck,   Mai   2025
Karin Bohr-Jankowski